도배 달인의
이야기

도배 달인의
이야기

ⓒ 박완규, 2024

초판 1쇄 발행 2024년 4월 3일

지은이   박완규
펴낸이   이기봉
편집   좋은땅 편집팀
펴낸곳   도서출판 좋은땅
주소   서울특별시 마포구 양화로12길 26 지월드빌딩 (서교동 395-7)
전화   02)374-8616~7
팩스   02)374-8614
이메일   gworldbook@naver.com
홈페이지   www.g-world.co.kr

ISBN   979-11-388-2899-4 (03810)

준비하는 자에게는 반드시 기회가 온다

도배 달인의 이야기

박완규 지음

좋은땅

손재주가 없어도 하면 된다.
도배의 달인이 되는 그날까지!!!

오래전에 기업 지원 금융기관인 신용보증기금에 근무하면서 직장생활의 보람도 컸습니다. 공기업으로 안정된 직장이었지만 50대 이후 성장의 한계와 퇴직 이후 건강이 허락하는 한 꾸준히 할 수 있는 일은 무엇인지 고민했습니다. 늦은 밤 가족들이 잠자는 모습을 보고 거실로 나와 밤하늘을 바라보며 앞으로 내가 가야 할 또 다른 길은 어디에 있는가에 대해 생각을 많이 했습니다.

퇴직 후 시작한 해외 대학 연계 유학 및 교육 사업은 불행하게도 나에게 정신적, 경제적으로 커다란 고통을 안겨 주었습니다. 보람과 시련으로 점철된 인생의 전반전을 마치고 하프 타임을 지나 인생의 후반전에 새로운 도전을 향하여 내 인생을 또 한 번 더 던졌습니다.

해외에서 귀국하여 지인의 소개로 도배를 알게 되었습니다. 그분은 나에게 어떻게 하면 도배를 배울 수 있는지 그리고 어떤 과정을 통하여 도배사로 정착할 수 있는지 등 조언도 많이 해 주셨습니다. 인생의 Turning Point로 여기고 앞으로 나아갈 수 있는 소중한 경험을 공유해 주신 선배 도배사님에게 감사드립니다.

현재 직업전문학교에서 주말반 도배기능사 시험 및 도배실무 훈련교사로 학생들을 가르치고 있으며, 개인사업자로 도배, 장판, 페인트 시공을 하고 있습니다.

직장 생활 중에 계시거나 자영업을 하고 계시는 분들 중에 불확실한 미래에 도배를 포함하여 여러 분야에 관심을 두고 적합한 제2의 직업을 찾고 있는 분들도 많다는 것을 알고 있습니다. 지금도 많은 분들이 어떻게 하면 도배 기술을 배울 수 있는지에 대해 물어 오곤 합니다.

이 책을 통하여 도배 업계로 진입을 결정하는 데 조그마한 도움이 되기를 바라며, 오늘도 전국에서 활발하게 도배 활동을 하고 계시는 많은 동료 도배사님들에게 도배 기술 공유뿐만 아니라 사람 사는 인간미가 소통되는 작은 책이 되기를 진심으로 바랍니다.

2024년 어느 초봄에 박완규

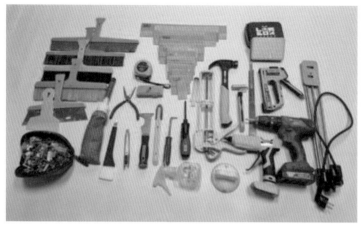

손에 익숙한 다양한 시공구

목차

1부   도배 달인의 이야기

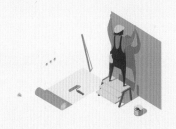

2부   어느 도배사의 현장 이야기

 3부   도배기능사 시험 합격 후기

무늬 필름지 시공 중

도배 달인의 이야기

1장

벽 앞에 선 나

1. 당초 내 인생의 큐시트에 도배는 예정에 없었다

태어나면서부터 유, 소년기를 거처 성장하면서 가깝게는 가족들 그리고 사회화가 진행됨에 따라 폭넓게 다양한 사람들을 만난다.

나 또한 마찬가지다.

인생의 전반전에 공기업이라는 안정된 직장 생활을 하면서 순탄하게 사회생활을 하다가 성장의 한계를 느끼고 40대 후반에 퇴직하고 해외 대학 연계유학 및 교육 사업을 하게 되었다. 금융 분야에는 전문가라 자부하였지만 사업은 팔방미인이 되어야 계속 기업으로 성장, 존속한다는 것을 경제적으로 큰 부담을 안은 채 사업을 접고서야 깨달았다.

도배 도(塗) 자도 모르던 나는 해외에서 귀국하여 우연한 기회에 친구의 누나를 통하여 도배를 소개받았다.

> "큰돈은 못 벌어도 먹고사는 데 지장은 없을껴. 건강이 허락하는 한 벽지 들 힘
> 만 있으면 정년이 따로 없어. 도배 기술만 익혀 놓으면 남한테 아쉬운 소리 안 듣
> 고 오랫동안 써먹을 수 있는 기술이여. 그러니 먼저 도배학원에 가서 기초과정

을 익히면서 적성에 맞는지, 할 만한지 진지하게 생각해 보고 다시 찾아와."

그 당시 앞이 별로 보이지 않는 절박한 상황이었다.

그리하여 인생의 후반전에 내 인생에 처음으로 도배사의 꿈을 어렴풋이나마 품게 되었다. 자존심으로 아내에게 도배 일을 해 보겠다는 말을 꺼내기를 주저하였다. 무 엇보다도 연로하신 어머님께 죄송한 마음이 들었다. 지금도 어머니 생각하면 마음이 아프다.

직업전문학교에 가서 상담 중 내일배움카드를 추천 받아 등록을 하였다. 약 2달간 주말반 과정을 수료하고 그 친구의 누나를 다시 찾아갔다.

"자네 왔는가?"
"이제 학원을 수료했으니 저 좀 써 주세요."

그때는 몰랐다. 내가 얼마나 꿔다 놓은 보릿자루였는지!!!

갓 학원을 수료한 생초보들을 도배 현장에서는 불러 주지도 않을뿐더러 일을 시키 지도 않는다는 것을 나중에 도배 일을 하면서 알게 되었다. 감사하게도 그 선배 도배 사님은 마음가짐이나, 자세, 일머리 등을 친절하게 설명해 주셨다. 첫 출근이라며 4 만 원짜리 일제 정배솔을 선물로 주시면서 잘 배우고 잘 익혀 제2의 직업으로 삼고 또 후배들을 잘 가르칠 수 있는 좋은 도배사가 되어 달라는 덕담과 처음 일당으로 축 하한다며 10만 원을 주셨다.

약 2달간 따라다니면서 지물 현장의 구조나 벽지 상태에 따른 밑 작업과 초배, 정 배 등 상황에 맞는 일머리를 익힐 수 있는 좋은 기회가 되었다. 그 당시 돈보다는 도배 기술을 익히는 데 우선순위를 두다 보니 일당에는 그다지 신경 쓰지 않았다. 두 달 뒤 초기에 한 사람에게만 배우지 말고 다른 사람에게 또 다른 스타일의 일머리를 배우는 게 좋을 듯하다고 말씀하셨다.

60대 중반의 30년 정도 경력을 가지신 도배사님을 우연한 기회에 만났다. 처음 며칠 동안은 단순한 일들을 시키시면서 "**보는 것도 큰 도움이 될 터이니 일하는 자세를 잘 봐라.**"라고 말씀하셨다. 연세가 많으심에도 불구하고 우마에 올라가셨는데 열정이 대단함을 볼 때마다 느꼈다.

그 뒤에도 현장에서 몇몇 다른 도배사를 만나 일할 기회가 있었다.

나도 일머리를 잘 익혀서 고객이 만족할 만한 품질 수준과 어느 정도 속도가 나오는 언젠가는 독립하여 사업하리라는 꿈을 가슴속에 늘 간직하고 일을 하였다. 현장에서 여러 선배 도배사님들에게 조언도 많이 구했다.

누가 그랬다. 순간의 선택이 10년을 좌우한다고.

직업전문학교 수료 후 4개월 만에 호부기(벽지에 풀을 뽑는 기계)를 구입하고 5일 뒤 사업자등록증을 발급받아 드디어 개인사업자가 되었다.

며칠간은 막막하였다.

일감을 어떻게 받아 오지…….

궁하면 통한다고 이전에 선배 도배사님이 일러 주신 대로 차근차근 준비한 결과 7일 만에 오피스텔 합지 도배 의뢰가 들어왔다. 2일 후 고가 높은 피아노학원의 짐 있는 방 2개 벽면 합지 도배 의뢰도 들어왔다. 경험이 많지 않으나 성의껏 시공해 드리겠다고 말씀드리니까 고객분은 인상이 좋으시고 솔직하셔서 신뢰가 간다며 자신 있게 해 보라고 말씀하셨다. 도배 후 품질 상태에 대해 만족하시면서 리뷰도 잘 작성해 주셨다.

간절하면 죽으라는 법은 없구나. 그 당시 제2의 직업으로 도배 외에는 다른 생각을 해 본 적이 없던 터라 일이 들어올 때마다 거리 불문하고 샘플 책자를 가지고 무료 방문 상담도 자주 다녔다. 고객을 만나서 기존 도배 상태와 벽지 색상 추천, 작업 진행과정, 도배 후 주의사항 등을 상세하고 친절하게 설명해 드렸다.

그렇게 하여 내 인생에 도배는 시작되었고 시간이 지남에 따라 다양한 경험과 노하우가 더해졌다. 그 다양한 경험 가운데는 가슴 따뜻한 추억도 많지만 바탕면 밑 작업, 초배 작업을 소홀히 하여 하자가 발생한 경우도 여러 건 있었다. 기억하고 싶지 않지만 고객과의 의사소통 부족으로 갈등을 겪은 적도 있었다. 아쉬운 부분은 이 또한 지나가리라는 생각으로 임했고 늘 좋은 부분만을 생각하며 하루하루 경험을 쌓아오다 보니 지금의 도배 달인으로 자리매김하게 되었다.

독일의 시인이자 철학자인 요한 볼프강 폰 괴테(Johann Wolfgang von Goethe)는 말했다. "자기가 좋아하고 믿은 일을 하기만 하면 성공은 자연히 찾아온다. 자기가 지금 하고 있는 일, 이미 한 일을 마음으로부터 즐기는 사람은 행복하다."

동의한다.

처음 시작할 때는 절박한 상황이었으나 인생의 후반전에 길을 잘 찾아왔다는 생각이 든다. 어느덧 나이가 들어 힘들어도 나갈 곳이 있고 일할 곳이 있어 감사하게 생각하고 건강이 허락하는 한 느려도 뚜벅뚜벅 즐겁게 앞으로 나아가고 싶다.

지금은 숨은 고수에 상위 5% 이내 도배 고수로 등록되어 있다. 그동안 조언을 많이 해 주신 따뜻한 인성을 지닌 선후배 도배사님에게 감사드린다. 내가 만난 도배사님들은 나이를 떠나 인격적으로 대해 주시고 말 한마디라도 따뜻하게 해 주신 고마우신 분들이라 그릇된 고정 관념이나 편견도 없어지게 되었고 초보 시절 힘들었던 과정도 잘 참고 견디며 일에만 집중할 수 있었다.

도배 입문을 문의해 오거나 학원 수료한 생초보자들, 1~2년 된 보조들, 후배 도배
사들에게 그동안 내가 선하게 받은 그 이상으로 친절하고 상세하게 경험을 들려주곤
한다.

고정으로 데리고 다니는 도배사들이 몇 명 있다. 나에게 배운 대로 후배들을 성실
하게 잘 가르치라고 말한다. 초보자들에게는 선배님들에게 잘 배우고 말과 행동으로
예의를 갖추라고 말한다. 그들은 이런 분위기가 참 좋다고 말한다.

고가 높은 오피스텔 복층 밑 작업 중

2. 떼돈 못 벌어도 먹고살 만큼 번다

　자주 받는 질문은 재료비, 인건비 공제하고 한 달에 대충 얼마 정도 버느냐이다. 그들이 처해 있는 현재의 심리적, 경제적 상황을 말해 주는 것이고 그 이면에 불확실한 미래에 도배 일로 좀 더 잘살아 보고자 하는 간절한 마음이 묻어 있지 않나 생각한다.

　결론부터 말하면 돈을 좀 버는 편이다.

　일 년에 한 번 부부 해외여행 가고, 가족들과 외식하고, 적금 들고, 대형 마트 가서 물건 구매할 때 아내에게 결제 카드 주는 데 주저하지 않고, 지인들 만나 밥값 지불하는 데 인색하지 않다. 이 정도로 질문에 답이 되는지 모르겠다.

　돈을 많이 벌고 적게 버는 것은 상대적인 가치다.

　돈도 중요하지만 60대 중반을 향해 나아가고 있는 이 나이에 남에게 아쉬운 소리 안 듣고 정년 걱정 없이 건강이 허락하는 한 자유롭게 일을 할 수 있다는 자체만으로도 감사하다는 말을 하고 싶다.

　친구들은 60년대 초 베이비붐 세대(Baby boom generation)로 거의 다 직장에서 퇴직하고 실업급여나 조기 연금 등을 받고 있다. 아직까지 그런대로 건강하고 일할 마음의 준비도 되어 있어 가계에 조그마한 보탬이 되면 좋겠다는 생각으로 좀 더 일할 만한 마땅한 곳은 없는지 여기저기 취업 박람회에 기웃거리거나 재취업 사이트를 클릭하는 친구들이 꽤나 있다. 몇 번의 재취업 실패를 경험하고 아예 집에 눌러앉아 삼식이가 된 친구들도 많다. 친구들은 나에게 그 나이에 일을 하면서 적금을 들고 아내에게 매달 일정 금액을 준다는 게 부럽다고 말한다.

후배 도배사들에게 자주 하는 말이 있다.

첫째, 지금은 힘들어도 참고 견디며 일머리를 잘 배우고 어느 정도 품질과 속도가 나오면 개인사업자로 독립하라. 능력과 노력 여하에 따라 일정 수준 이상의 고수익 창출이 가능함을 잊지 말라.

그들은 말한다. 잘할 수 있을까요?

나는 말한다. 시작도 하기 전에 걱정부터 하지 마라. 장담컨대 너 정도면 충분히 잘할 수 있다.

상담 요령, 견적 내는 방법, Order 받는 방법, 하자 처리 방법 등 궁금한 것에 대해 물어 오면 언제든지 노하우를 알려 주겠다. 내가 뒤에서 너의 조력자가 되어 주겠노라고. 이런 말을 듣는 후배 도배사들은 진심으로 고마움을 느낀다. 내가 잘 아는 후배 도배사는 멤버들이 나를 자주 만나고 싶어 하고, 만나면 이들은 나에게 보고 싶었고, 그리고 만나기도 전에 기대되고 설렌다고 귀띔한다. 빈말일지라도 듣기에 좋다.

일 마치는 시간에 이들은 나의 각종 장비들을 차에 다 옮겨 실어 준다. 이런 마음과 행동이 애틋하면서도 고맙게 느껴진다.

둘째, 아침도 거르고 새벽 일찍 현장으로 나와 남 눈치 보면서 힘들게 일하는 만큼 좋은 미래를 꿈꾸며 수준 높은 삶을 기대하며 재테크를 잘하라고 말해 준다.

'긍정적인 마인드, 배우려는 자세, 멀리 보고 하는 효율적인 재테크'가 중요하다. 중소기업중앙회에서 운영하는 퇴직연금이나 노란우산공제 가입을 추천한다. 가격 변동이 심한 종목을 사거나 노력 없이 쉽게 돈을 벌려는 생각을 가지지 말라고 덧붙인다. 결혼 안 한 후배 도배사에게는 살아 보니 별난 남자 없고 별난 여자 없으니까 6개월 이내에 결혼하면 축의금 얼마 줄 테니 빨리 결혼하라고 말한다. 부부 도배사면 더 좋다고 말하면 듣는 그들은 박장대소하며 웃는다.

셋째, 특히 여자 도배사들에게 자기가 잘할 수 있는 일과 도배기능사 자격증을 포함하여 공인중개사 자격증 등 각종 자격증과 연계시켜 도배 일을 할 수 있는 방법을 찾아보라고 권한다. 경력을 쌓은 후 학원이나 직업전문학교에서 도배기능사 시험 및 도배 실무 강의하는 것도 좋은 방법 중의 하나라고 추천한다.

남자든 여자든 그리고 젊든 나이가 무겁든지 간에 거칠고 힘든 현장임에는 분명하다. 나이 들어 가정 경제의 주 수입원, 더 나아가 생계형이 주목적이라면 몸으로 하는 일이라 몸도 마음도 괴롭고 힘들 테니 도배 경험과 자신이 잘할 수 있는 분야를 연계하여 더 가치 있는 일을 찾아보고 준비하라고 말한다.

도배는 자신의 능력과 노력 여하에 따라 고수익을 창출할 만큼 시장이 넓다. 이사 가고 들어오는 사람 사는 공간이기에 비수기가 비교적 짧고 성수기가 긴 것도 매력 중의 하나다.

도배에 관심을 가지고 있는 분들이나 도배 현장에 갓 입문한 초보들, 이미 몸을 담고 도배 일을 하고 있음에도 이런저런 현실적인 고민으로 갈등하고 있는 도배사들에게 말한다.

준비하는 자에게는 반드시 기회가 온다.
열심히 하는 자에게는 노력의 대가가 성실하다는 것을 잊지 말라.
그러면 노동의 가치는 새롭게 보일 것이고
또 다른 밝은 미래가 선명하게 보일 것이다.

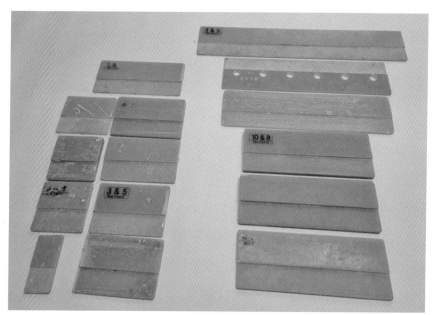

종류별 몰딩 자

3. 언제 도배를 시작하는 게 좋은가요?

이런저런 사정으로 직장을 퇴직하고 조기 실업급여를 받고 있거나 현재 직장을 다니거나 자영업을 하고 있지만 미래가 불확실하여 새로운 돌파구를 찾고 싶은 분들로부터 자주 듣는 질문이다.

"도배를 배우고 싶은데 어떻게 하면 되느냐?" 이런 질문을 하는 분들은 그나마 좀 나은 편이다. 그동안의 과정과 경험 등을 부담 없이 설명해 준다.

나이 들어 퇴직하거나 자영업을 접고 50대 후반에 좀 데리고 다니면서 도배 기술을 가르쳐 달라고 간절한 마음으로 부탁하는 사람들은 사실 부담스럽다. 그런데 내 주변에 이런 사람들이 의외로 많다. 심지어 MZ 세대인 20~30대 초보 도배사들도 블로그나 입소문을 듣고 고정으로 데리고 다니면서 가르쳐 달라고 장문의 문자를 보내오거나 전화로 구구절절 부탁하는 사람들도 가끔 경험한다. 하지만 나는 이들을 다 품고 데리고 다닐 수 없다.

이왕 마음먹고 시작하기로 결정했다면,

첫째, 심리적인 면이다.
과거의 삶과 경험에 내재된 선입견, 편견, 고정관념 등을 내려놓기를 바란다. 지난 날의 잊고 싶은 부담감은 내려놓고 긍정적이고 홀가분한 마음으로 새롭게 출발하자.
시장성도 괜찮다. 경험상으로 볼 때 연중(年中) 비수기가 짧다.
블로그나 밴드에 신축이나 지물 현장에서 교육 과정을 갓 수료한 초보를 고정 멤버로 찾는 구인광고도 자주 본다. 적극적으로 지원해 보고 전화하여 일하려는 의지와 배우려는 자세를 어필하기 바란다. 마음먹기에 따라 기술을 배울 수 있는 곳도 있고 돈 벌 기회도 많다.

고심 끝에 인생 2막으로 도배사의 꿈을 품고 시작하기로 작정했다면 최소한 마음의 준비는 6개월 전에 했을 거라고 믿고 주변을 정리할 시간을 감안하여 한 달 내에 시작하기를 권한다. 갓 시작한 초보 도배사들은 도배를 좀 더 빨리 시작했으면 좋았을 텐데 하는 아쉬움을 말하곤 한다.

둘째, 경제적인 면이다.

일 년 미만의 초보자들은 사실 돈벌이가 안 된다. 솔직하게 말한다.

직장 다닐 때야 월급이 많든 적든 매달 일정한 날에 고정적으로 들어오다 보니 계획된 가정 경제활동이 가능하지만 초보 도배사들은 언제 누가 불러 줄지 모르고, 가더라도 일당이 적어 1년 정도는 지출 규모를 줄이는 게 현명하다. 일 년 정도 지나면 어느 정도 기술을 익히고 경험한 뒤에 일당을 좀 더 올려 받을 수 있고(130,000원~140,000원) 그동안 인간관계를 넓혀 프리랜서로 꾸준히 일을 하게 되면 수입은 어느 정도 많아질 수 있다. 물론 개인사업자로 독립하여 일을 하게 되면 신경 쓸 부분은 많지만 그만큼 수입은 높다.

셋째, 연령대다.

단도직입적으로 말해서 50대 전에 시작하기를 추천한다. 요즘은 직업전문학교나 현장에 가 보면 20대 중반부터 시작하는 남녀 도배사들을 많이 만난다. 젊은 도배사들이 많다 보니 50세 넘은 도배사들을 불러 주는 현장은 별로 없는 편이고 젊은 도배사들(팀장, 반장 등)은 자기보다 연령대가 낮은 도배사들과 일하기를 선호한다.

참고로 밴드에 올라온 구인 공고 글이다.

"안녕하십니까?

팀원으로 함께 일하며 배워 나갈 1년 미만의 초보 또는 학원 수료생을 모집합니다. 팀장님이 젊다 보니 30세 미만 분들만 지원 부탁드립니다.

기초부터 정배까지 배울 수 있으니 연령, 경력, 성함, 사시는 곳을 문자 부탁드립니다. 010-0000-0000"

나는 나이가 무겁다. 그래서 그런지 모르겠지만 구인, 구직할 때 나이를 묻지도 따지지도 않는다. 젊은 도배사들보다 50~60대 나이임에도 불구하고 꼼꼼하게 작업을 하면 오히려 그런 분들이 더 편하고 좋다. 그들은 젊은 도배사들에 비해 행동은 좀 느려도 책임감과 성실함만큼은 누구에게도 뒤지지 않는다고 말한다. 오히려 그들은 불러 주어 고맙다며 더 열심히 일하는 것 같다.

넷째, 여성들이여, 도전하라!!!

도배는 서비스업이라고 생각한다. 섬세하고 꼼꼼한 여성분들이 입문해도 좋을 듯하다. 상담하러 가 보면 여성 고객을 많이 만난다. 같은 여성 입장에서 상담하고 설명하면 더 신뢰가 가고 설득력이 있지 않을까?

직업전문학교나 학원, 현장에 가 보면 요즘 젊은 20대 여성을 포함하여 60대 여성, 고학력 여성을 흔치 않게 본다.

대단하다고 생각한다.

지금의 힘듦 너머 가까운 미래에 대우받고 인정받는 날이 그리 멀지 않으니 힘을 내기를 바란다.

시작이 반이라고 했다.

나이가 무거운 게 내 죄는 아니지 않나.

나이가 가볍든, 무겁든 마음먹기로 작정했다면

적극적으로 길을 찾아보고

과감하게 문을 두드려라.

그러면 길이 보이고

문도 열릴 것이다.

낡았지만 소중한 공구와 벨트

4. 도배사는 정년이 없다

획기적인 발전을 이룬 현대의학 기술의 혜택으로 21세기는 100세 시대를 넘어 120세 시대를 향해 가고 있다. 이를 반증하듯 120세 연금보험이나 만기 보장 보험상품도 출시되고 있을 정도다. 그럼에도 불구하고 명예퇴직, 희망퇴직, 정리해고, 권고사직, 계급 및 직급 정년 등을 감안하면 사실 정년 이전에 비자발적으로 직장을 그만두는 게 사회 현실이다.

통계청 경제활동인구조사 자료를 보면 최근 10년간 임금 근로자들의 평균 퇴직 연령은 49.3세라고 한다. 정신적, 신체적으로 너무 이른 나이다. 퇴직 후 국민연금을 받을 시점까지 일정 기간이 남아 있어 정년 연장론이나 정년 연장에 따른 임금체계 개편 등 사회 여론이 점차 활발해지고 있다.

그러나 현실은 그대로 받아들여지기가 요원하다. 더군다나 생계형의 고령층 재취업의 문은 얼어붙어 있고 그들에게 노동시장은 질적, 양적으로 유연하지 않아 심각한 사회문제로 대두되고 있다.

60년대 베이비붐 시대에 태어난 고학력 워킹 시니어인 그들은 일만 열심히 하면 최고로 인정받는 것으로 생각하고 앞만 보고 열심히 달려왔다. 즐길 줄 몰랐던 동시대의 친구들 중에는 준비되지 않은 퇴직 이후의 미래를 걱정하고 많은 나이 때문에 뜻대로 안 되다 보니 고개 숙인 가장들이 많은 것 같다. 승진, 실적에 따른 스트레스도 이만저만이 아닌데 회사 경영 상황에 따라 원치 않게 다니던 직장을 정년 이전에 그만두거나 자영업을 접고 새로운 길을 찾으려는 한 가정의 가장으로서 받는 심리적, 경제적 부담감과 암울한 현실을 경험해 보지 않은 사람은 그 절박한 심정을 이해 못 할 것이다.

어떤 일을 하든지 간에 정도의 차이는 있지만 스트레스 없는 직장은 없다. 내가 속한 조직의 불안이나 불만, 생리를 잘 알기에 다른 조직이나 기관에 선입견을 가지고 기웃거리거나 좋게 바라보는 경우가 많은 것 같은데 실상은 사람으로 구성된 단위, 목표가 있는 조직은 거의 거기서 거기다.

도배도 예외는 아니다. 다만 도배는 기술을 익히는 과정과 일정 기간 이상의 숙련 기간이 필요하다. 3년 정도의 과정과 기간만 잘 참고 잘 익히면 기술자로서 인정받고 대우도 제대로 받을 수 있는 현장 기술 직군 중의 하나다. 요컨대 정년이 따로 없다는 것이다. 도배의 이웃사촌, 즉 인접 인테리어 분야라고 할 수 있는 필름, 장판, 페인트, 타일, 목공 등도 비슷하다.

도배는 60세든지, 70세든지 간에 풀 묻은 벽지 한 장 들 힘만 있으면 어디서든지 도배 활동이 가능하다. 지물 현장에 가 보면 프리랜서로 일하는 60대 후반의 연세 지긋하신 남녀 도배사를 심심찮게 본다. 또 그동안의 경험을 살려 점포를 개설하고 개인 사업자로 다양한 채널을 통하여 공사를 받아 책임지고 일을 하고 있는 연세 많으신 도배사들도 많다. 왜곡된 시각으로 바라보았던 블루칼라인 현장 노동에 대한 인식도 많이 개선되었고 경험과 기술을 살려 꾸준히 일하고 있음에 긍지와 자부심도 크다고 한다.

벽지 뽑는 풀 기계(호부기), 풀 믹서기, 풀 펌프, 다양한 시공구 및 가성비도 좋고 사용하기도 편한 풀 바른 벽지도 시중에 판매하고 있어 이전에 비하면 도배환경도 많이 좋아진 편이다. 그래서 건강이 허락하는 한 일을 할 수 있다.

기술이 고도로 발달된 첨단 시대에 로봇이 등장하고 AI(Artificial Intelligence, 인공지능)를 뛰어넘는 AGI(Artificial General Intelligence, 범용 인공지능)가 여러 분야에

적용되기 시작해도 사람을 대신할 수 없는 분야 중의 하나가 도배이기 때문에 자부심을 가져도 된다.

AI, AGI와의 공존 속에 갈등할 필요가 전혀 없다

아내는 가끔 말한다.

60세 이후에 아등바등 돈 벌 생각하지 말고 용돈벌이 정도로 생각하고 건강하게 일하는 것만으로도 감사하게 생각하라고.

백 번이고 천 번이고 맞는 말이다.

힘이 닿는 한 할 일이 있고

나갈 곳이 있고

함께 협력하며 즐겁게 일을 하고

경제적인 보상이 뒤따른다면

금상첨화가 아니겠는가?

여기까지 오느라 참 수고 많았다

5. 시공 현장에 따라 다를 수 있다

도배는 건축물 내부의 마무리 공정으로 수장 시공이라고도 한다.

요즘 다양한 색상, 문양, 패턴, 질감, 광택을 연출하는 인테리어 벽의 마감재로 각광 받고 있다. 그래서 도배를 마지막 예술이라고 한다.

가성비도 좋다. 최근에는 생활공간의 가치를 높여 주고 거주 공간에서의 건강한 삶을 위해 그 기능과 역할이 점점 다양화되고 있다.

그 대상을 신축과 구축(지물) 현장으로 분류할 수 있다. 좀 더 세분화하면 주거 공간과 상업 공간 그리고 공공 공간으로 구분할 수 있다.

직업전문학교 수료 후 나이가 무거워 곧바로 지인 찬스로 지물 현장에서 도배를 시작하였다. 교육 수료하고 현장에서 일머리를 배우며 기술을 익히고 싶어도 불러 주거나 가르쳐 주는 곳이 없어 망설이다가 자포자기하고 다른 분야의 길로 가는 사람들도 많이 본다. 그런 소리가 들려올 때마다 어렵게 결정하고 시작했을 텐데 아쉽고 안타까운 마음이 든다.

지금도 전국의 많은 도배사들은 각 현장에서 도배 본질의 기능을 극대화하여 그 공간에서 생활하고 거주할 고객의 필요와 행복을 위해 최선을 다하고 있다.

학원을 갓 수료한 초보나 20~30대 젊은 도배사들은 신축 현장에 가서 2~3년 정도 경험 쌓기를 권한다.

40대 이상 넘어 시작하는 초보 도배사들은 신축 현장보다 지물 현장이나 인테리어 회사에 가서 시작하기를 추천한다.

도배 업계의 금수저는 가족, 친척 그리고 지인 찬스다. 주변에 도배 일을 하게 됨을 알리고 기회가 되면 적극적으로 다가가서 배우고 익히기를 바란다.

신축이나 지물 현장에서 처음 시작하는 도배사들은 사실 꿔다 놓은 보릿자루다. 자발적으로 할 수 있는 일은 거의, 아니 하나도 없다. 반장이나 책임자, 고참 도배사들이 지시하는 대로 잘 따르고 성실하게 보조하는 게 무엇보다도 중요하다. 시간 약속을 잘 지키고 먼저 인사하고 어떤 일이든지 솔선수범하고 눈치껏 일하고 무엇 하나 배우려는 자세를 지니고 있으면 선배 도배사들은 잠시 초심으로 돌아가 보고 그들만의 소중한 경험이나 노하우를 풀어놓을 것이다. 커피 한 잔 타 드리며 **"훌륭하시네요. 배우고 싶습니다"**라는 말로 먼저 다가가라.

1) 신축(현장): 신축 건물

- 바탕면 처리(밑 작업). 초배 작업이 많지 않다.
- 학원을 갓 수료한 초보자 고용 건수가 많다.
- 도배 세대나 도배 평수가 많아 현장을 마칠 때까지 근무 일수가 많다.
- 능력에 따라 보수가 다양하다.
- 비교적 젊은 연령대 도배사를 선호하는 경향이 있다.
- 현장에 따라 장거리 출퇴근이나 지방 숙식을 하는 현장도 많다.
- 아침 일찍 출근(보통 7시 전에 현장 도착)한다.
- 다른 공정과 함께 작업하는 경우도 많다.
- 겨울에 창문이 없거나 화장실이 갖추어지지 않거나 바닥 마무리가 안 되어 먼지가 나는 등 작업 환경이 열악하거나 불편하기도 하다.

2) 구축(지물): 기존 아파트나 빌라 등

- 바탕면 처리(밑 작업), 초배 작업이 많다.

- 학원을 갓 수료한 초보자들을 고용하는 현장은 많지 않다.
- 이사 후 도배, 짐 있는 현장, 엘리베이터 없는 현장 등 상황이 다양할 수 있다.
- 신축에 비해 연령대가 높은 경우도 많다.
- 곰팡이 발생, 벽지 들뜸, 단열 벽지 제거 등 현장에 따라 밑 작업이 까다로울 수 있어 경력자들을 선호하는 경우가 많다.

지물 현장에서 경험을 쌓고 신축 현장으로 대우받고 가는 경우는 가끔 있어도 신축 현장에서 지물로 오는 경우는 쉽지 않다. 왜냐면 지물 현장에서는 밑 작업의 비중이 45% 정도로 다양하기 때문에 새롭게 배우고 익히는 시간이 필요하기 때문이다. 신축에서 2~3년 정도 경력으로 준기술자로 대우받으며 일하더라도 지물로 넘어오면 밑 작업이 서툴러 보조로 다니는 도배사들도 더러 있다.

어디서든지 도배를 시작하다 보면 시간이 지남에 따라 어엿한 도배 기술자로 자리매김하고 있는 자신을 발견하게 될 것이다.

초보 도배사들을 볼 때마다 나는 초심으로 돌아가서 생각해 보곤 한다. 어렵게 도배 업계로 입문한 후배 도배사들이 잘 배워 정착할 수 있도록 돕는 게 선배 도배사의 역할임을 잊지 않으려고 노력한다.

지물이든 신축이든 사람 일하는 현장은 장단점이 있다.

하다 보면 일이 많아 늦게 마치거나 팀워크 불화로 스트레스를 받은 때도 있다. 지물 현장에서 바탕면이 안 좋거나 결로 현상으로 곰팡이가 심하게 피어 매캐한 냄새가 나거나 엘리베이터가 없는 곳도 많다. 신축 현장에서 추운 겨울 창문이 설치되어 있지 않아 찬바람 맞아 가며 손이 시려 떨며 도배할 때도 있고, 화장실이 없거나 수리 중에 화장실을 이용하지 못해 1층 간이 화장실을 이용하는 등 불편하고 열악한 환경의 현장도 있다.

"강한 자가 살아남는 것이 아니라, 살아남는 자가 강한 것이다"라는 격언이 있다.
열악한 작업 환경을 극복하고 참고 견디며 끝까지 남는 자만이 이기는 것이다.

배우려는 자세,
무엇이든 하려는 의지.
미약하지만 멀리 보고 차근차근 나아가자.
노력한 뒤에 찾아오는 보람과 기쁨은 무엇보다도 바꿀 수 없다.
앞으로 더 의미 있고 가치 있는 것이 기다릴 것이다.

이보드 제거 후 곰팡이 처리 전

6. 체면이 밥 먹여 주냐?

우리 사회에 없어져야 할 병폐 중의 하나가 체면 문화가 아닌가 생각한다. 정작 소중한 것은 '나'인데 남이 나를 어떻게 생각하고 볼 것인가를 의식하고 자신의 몸과 마음을 포장하려는 문화, 남의 눈과 시선에 종속된 문화가 깊이 자리매김하고 있는 것 같다.

직업이 다르고 하는 일이 다를 뿐 사무직이나 현장직이나 다 몸과 마음과 머리로 일하는 근로자이자 노동자다. 사업주가 아닌 이상.

도배 일을 하기 전에 노동에 대한 가치를 제대로 인정하지 않고 그들의 지친 표정이나 옷차림 등으로만 보고 편견과 왜곡된 시각으로 바라보았던 때를 반성한다. 남은 나에게 관심이 1도 없음을 알면서도 타인의 시선을 의식하며 살아온 내가 부끄럽다.

도배를 시작하기로 결단한 날부터 과거를 잊고 마음과 정신자세를 새롭게 하기를 바란다.

사고방식이나 근무 태도, 수직적인 인간관계 등 나부터 바뀌어야 하고 도배 일을 하는 우리가 먼저 변화되어야 한다.

남 탓하고 남에게 원인을 돌리는 것은 1차원적인 사고다.

점심시간에 소주나 막걸리를 마시는 음주습관,

현장에서 일하다가 그 자리에서 담배를 피우는 잘못된 흡연 습관,

팀워크를 해치는 거친 말투,

하자가 발생하여 연락이 와도 전화를 받지 않고 회피하는 반장,

현장 와서 기분 상한다고 일 안 하고 철수하는 도배사,

일당을 제때 주지 않고 차일피일 미루는 반장 등.

어디서, 어떤 일을 하든지 간에 서로 배려하고 즐거워야 하고, 좋아야 하고, 노력한 만큼의 대가가 성실해야 하는데 도배도 예외는 아니다.

도배를 배우는 과정에서 힘들더라도 참고 견디며 그 과정에서 기술자로 발전해 가는 자신을 발견하고 더 큰 꿈을 그릴 수 있고 또 그만큼 수입이 뒷받침됨을 잊지 말라.

첫째, 과거에 자신이 한 일에 대해 기억은 하되 되새기지 말고 도배를 통하여 더 좋은 미래를 꿈꿔라.

도배 업계로 진입하면 과거의 아쉬움이나 미련은 쓰레기통에 과감하게 버리고 에너지가 솟았던 긍정적인 기억을 극대화하여 잘 적용하자. 나부터 현장에서의 나쁜 습관이나 좋지 못한 점들을 개선하려는 의지가 필요하다. 쉽지 않은 결정으로 어렵게 시작한 만큼 자신을 믿고 해 보자. 분명 좋은 결과를 얻을 것이다.

둘째, 체면이나 자존심을 내려놓아라.

체면이나 자존심, 주변의 시선에 나 자신을 한정시키거나 그들을 의식한다면 거친 현장에서 도배사로서 앞으로 나아가는 데 심리적으로 장애요인이 될 수 있다. 도배사로서 성실하게 최선을 다하는 자신의 모습을 보면서 자신을 칭찬하고 자신을 더 사랑해 주자.

셋째, 선입견과 고정관념을 버려라.

어떤 일을 하든지 간에 선입견과 고정관념에 얽매이지 말자.

가식 없이 있는 그대로 자신과 상대방을 바라보고 열심히 사는 자신과 동료들을 칭찬하자.

그러면 일도 즐겁고 그 과정에서 최선을 다하는 자신의 모습은 정말 아름답지 않은가?

흙냄새가 좋아 부지런히 논밭을 일구는 농부들,
분뇨 냄새가 좋아 열심히 가축을 돌보는 목축업자들,
비린내가 나도 거친 파도를 헤치고 바다로 나아가는 어부들,
풀 묻은 벽지를 사랑하는 도배사들.

오늘도 거친 현장에서 고군분투하고 계시는 전국의 많은 도배사님!
응원합니다. 파이팅!

4.2미터 고가 높은 공장 사무실 벽면 도배 중

7. 도배 창업하는 게 좋을까요?

자본주의 사회에서 경제활동의 궁극적인 목적은 자아실현도 있지만 돈과 연관성이 크다. 지갑에 돈이 있으면 마음의 여유가 있고 수준 높은 생활이 가능함은 누구나 안다. 물론 현대사회는 현금보다 카드를 많이 이용하지만.

괴테는 말했다. "지갑이 가벼우면 마음이 무겁다(Light purse, heavy heart)." 백 번이고 천 번이고 맞는 말이다.

생각하고 또 생각하고 어렵게 도배를 하기로 마음먹었다면 경험으로 볼 때 창업이라는 큰 꿈을 품고 3년 정도 기술을 배우고 현장 상황에 맞는 다양한 경험을 쌓기를 바란다. 인간관계를 넓히고 구조물에 맞는 일머리를 잘 익히고 하자 처리를 잘하고 고객을 상대하는 스킬을 쌓고 항상 자신의 몸과 마음을 사랑하자.

또한 괴테는 "눈물 젖은 빵을 먹어 보지 않은 사람은 인생의 참다운 의미를 모른다" 라고 했다.

도배의 문으로 갓 들어온 후 힘든 과정을 참고 견디며 일을 할 수 있는 동력은 언젠가 기술자로 제대로 인정받고 창업을 꿈꾸며 대우받는 때가 올 것을 기대하기에, 그리고 그 꿈이 나에게 그리 멀지 않고 점점 가까이 다가오고 있기 때문은 아닌가?

선행조건이 있다.
어떤 환경이든지 간에 고객의 요구나 눈높이에 맞는 결과물을 창출할 수 있어야 하고 그 필요를 반드시 충족시켜 줄 수 있어야 한다. 이는 곧 품질(Quality)과 기술

(Skill)을 의미한다. 그러기 위해서는 신축이나 구축(지물) 현장에서 부단한 연습과 반복 그리고 밑 작업, 초배, 정배, 달갑지 않지만 하자 처리 등 다양한 경험을 쌓기를 바란다.

경험은 곧 자신감이다. 그 자신감은 어느 고객을 만나든지 간에 이전의 내가 아닌 겸손과 따뜻한 마음을 지닌 나 자신으로부터 다른 사람들에게 흘러가기를 바란다. 경험은 고객과 상담할 때나 공사 가격을 제시할 때도 큰 힘이 된다.

그리고 주변에 창업 후 활발하게 도배 활동을 하고 있는 선배, 지인들에게 노하우를 듣는 데 귀를 크게 열기를 바란다. 도배 일을 하다 보면 바닥, 타일, 목공, 필름, 페인트, 전기, 철거 등 다양한 업자들을 만나게 된다. 먼저 다가가서 인사하고 명함을 건네주면 나중에 일을 소개받거나 소개해 주는 경우도 자주 있다.

인간관계도 잘 맺어 두어라.

인생사 앞날에 꽃길만 있는 것은 아니다. 부동산 관련 정부 정책이나 국내외 금융 상황, 주택 수급 그리고 계절적 요인 등에 따라 도배 업계도 불황기가 찾아올 수 있다. 대처할 수 있는 능력과 자본력도 사전에 준비되어야 한다. 어쩌다가 가까운 동료들에게 일감을 소개해 주거나 일이 없을 때 소개 받기도 한다. 이럴 때 서로에게 큰 힘이 된다.

1년에 1~2명 정도 창업을 유도한다. 초기에는 거주하고 있는 집을 사업장으로 간이사업자로 창업을 권유하고 사업이 확장되거나 자본력이 탄탄하게 준비되면 지물포 등 로드숍을 추천하기도 한다. 그 정도의 경력이라면 분명 주변에 믿고 의뢰할 만한 좋은 선배들도 있을 터이니 주저하지 말고 부탁하기를 바란다.

지금도 창업한 후배 도배사들이 견적 가격, 하자 처리 방법에 대해 문의해 오면 노하우를 알려 주는 데 주저하지 않는다. 이렇듯 믿고 의지할 만한 누군가가 뒤에 있다는 것만으로도 앞으로 나아가는 데 큰 힘이 됨을 믿고 꿈을 이루기 위해 결단을 주저하지 말기를 바란다.

창업을 하고 많게는 월 9백만 원에서 천만 원 정도 순수입을 올리는 후배 도배사들을 본다. 일에 대한 그들의 열정과 노력은 참으로 대단하다. 그 이면에 여러 가지 스트레스도 수반된다. 도배 후 의도를 가지고 클레임을 요구하는 블랙 컨슈머, 특히 하자 처리에 대한 스트레스도 크다. 사람이 하는 일이라 하자가 발생하면 하자 처리 보수(A/S)를 하면 되고 시간이 지나면 스트레스도 사라지거나 잊히게 되는 게 만국 공통이다. 나만 겪는 일이라고 생각하지 말고 정도의 차이는 있지만 누구나 경험할 수 있는 일이라고 생각하고 훌훌 털어 버리자. 이런 경험이 축적되고 대처할 수 있는 능력이 쌓일 때 한층 더 성숙하고 향상된 도배 기술자로 거듭나게 될 것이다.

교육과정을 갓 수료하고 초보 시절 현장에서 남 눈치 보며 힘들어도 참고 견디며 했던 일들이 쌓이면 '실력'이 된다. 처음에는 연습하고 현장에서 반복적으로 했던 일들이 쌓이면 '기술자'가 된다.

"아, 그 일 나도 할 수 있어. 쉬워 보이는데"라고 말하면서도 정작 해 보면 잘 안 되는 일을 다른 사람은 거침없이 빠르고 쉽게 그리고 이쁘게 하는 사람을 '달인'이라고 하지 않는가.

다른 사람도 하는데 세상에 나라고 그 일을 못 할 법은 없지 않은가?

나날이 발전하는 과정 속에서 느끼는 보람과 삶의 의미를 찾자.

누가?

바로 내가.

여성 전용 필라테스 학원 도배 시공 후

2장

책임감을 느끼며

1. 도배 달인의 하루 일과

보통 7일 전, 길게는 1달 전에 도배 시공을 예약하고 시공 장소도 반경 10km 이내인 경우가 많다. 작업 Order는 이전에 도배한 고객의 재의뢰나 소개, 인테리어 업체, 지인 소개, 공인중개사 사무소와 여러 채널의 플랫폼 등을 통하여 작업을 의뢰받는다.

고객과 방문 상담 또는 전화 상담을 통하여 벽지 종류 및 색상, 도배 날짜, 특이사항 등을 협의하고 견적 가격을 제시한 후 확정되면 자재 재고를 확인하고 벽지와 부족한 부자재 등을 주문한다.

하루 전날 밤에 벽지와 부자재 등을 차에 실어 둔다.

당일 아침 6시 기상, 벽지와 부자재 등을 재확인한 뒤 6시 50분경 집을 출발하여 현장에 도착하면 보통 7시 30분 정도 된다.

미리 연락해 둔 고정 멤버들은 보통 7시 45분경 현장에 도착하고, 주차된 곳에 집결하여 그들과 함께 풀 기계, 시공구, 벽지와 부자재 등을 캠핑카에 옮겨 싣고 현장으로 운반한다.

아침 8시경 샌드위치나 빵 또는 컵라면으로 허기진 배를 채우고 커피 한 잔으로 기운을 차린다. 멤버들은 아침 일찍 집에서 나오기 때문에 아침을 거르는 경우가 대부분이다. 일을 도와주는 고마운 분들이라 늘 감사하게 생각하고 조그마한 것 하나라도 성의를 다하여 챙겨 주고 싶은 마음이다. 물질이 가는 곳에 마음도 간다고 여름 휴가비, 추석과 설 명절 선물, 크리스마스 날 케이크를 챙겨 준다.

8시 20분경 멤버들에게 작업 지시를 한 후 각자 맡은 일을 묵묵히 시작하는 동안 나는 고객에게 전화하여 작업을 시작함을 알리고 특이 사항 등을 재확인한다. 작업 공정은 보양, 밑 작업, 초배, 정배, 마무리 순으로 진행된다. 전체 공정 중 밑 작업(바탕 처리)을 제일 중요한 과정으로 여기고 신경을 많이 쓴다(기초화장 전 단계). 그다음 기초화장인 초배를 진행한다. 이 두 과정이 잘되어야 정배(색조화장)가 이쁘게 나온다.

작업하면서 멤버들에게 네바리, 실리콘, 본드 등 부자재를 아끼지 말라고 말한다.

작업하다 보면 점심시간은 금방 다가온다. 주변에 그럴듯한 식당이 없으면 멤버들과 회 초밥이나 도시락을 주로 배달시켜 먹고 나갈 때면 보쌈 등 꽤 괜찮은 점심을 먹는다. 나도 먹어야 하기 때문에 조금만 더 지출하면 영양가 높은 점심을 먹을 수 있다. 점심 식사 후 꼭 커피 한 잔씩 테이크아웃하여 작업장으로 돌아온다. 멤버들은 식사하러 가면서 당연하다는 듯이 꼭 커피전문점도 확인하는 것 같다. 4~5명이 가면 그것도 작은 돈이 아니다. 어쨌든 오전 일과의 수고에 대한 나의 감사함의 표시다.

오후에 정배를 하는 동안 팀원들은 또 말이 없다. 그들의 뒷모습을 보면 집중력이 높다. 초보들은 말이 많아 시끄럽다. 바닥에 퍼져 앉아 하단 하나 내리면서도 웃음이 크다. 준기나 기공들에게 지시하거나 지적하면 "네, 알았습니다"라고 간단, 명료하게 대답하지만 초보들은 오히려 이러쿵저러쿵 큰 소리로 자기 할 말 다 하며 대꾸를 한다. 느리고 서툴지만 그만하면 기특하다. 그리고 고맙다. 그렇게 작업을 하다 보면 어느덧 서서히 끝이 보이기 시작한다. 사람이나 집이나 새 옷을 입혀 놓으면 왠지 모르게 달라 보이고 이뻐 보이고 분위기도 새롭게 보인다.

마치기 30분 전에 고객에게 전화하여 방문하여 도배 상태를 확인하게 하고 며칠간 품질 향상을 위해 주의사항을 설명해 드린다. 대부분의 고객은 도배 후 달라진 모습에 감사하다는 말을 잊지 않는다.

팀원들이 청소 등 마무리를 하는 동안 나는 미비한 점은 없는지 하자 날 부분은 없는지 다시 한번 도배 상태를 점검한다. 그러는 동안 일부 멤버들은 기계와 공구, 남은 부자재 등을 차에 실어 놓는다. 보통 4명이 함께 작업하기 때문에 5시 30분 전에 마치는 현장이 대부분이다. 오후 2시 정도에 마칠 때도 있다. 꿀 현장이라고 말한다.

일찍 마치고 쉬어야 그다음 날 또 일을 할 수 있기 때문에 가능하면 인원을 더 충원하여서라도 일을 쉽게 빨리 마치고 싶을 때가 많다.

마치고 난 후 예약된 방문 상담도 자주 가는 편이다. 사전에 고객이 문자로 사진을 전송해 주시거나 특이사항 등 알려 주시고 방문 상담을 요청하면 대면 상담 중 거의 공사수주를 받는 편이다.

집으로 돌아오는 발걸음만큼은 가볍고 기분이 좋다.

비록 몸은 무겁고 힘들어도…….

집에 와서 다음 날의 작업 준비물과 작업 내용을 점검한다. 새롭게 들어온 작업 의뢰도 빠지지 않고 확인한다. 꼼꼼하게 준비하면 품질도 좋고 고객도 만족함을 매번 경험하기에 더욱 더 작업 전후로 점검하고 또 확인한다.

그리고 팀원들에게 '**입금했다. 오늘도 수고 많았다. 잘했다**'는 문자메시지를 잊지 않고 보낸다.

현장에 도착하여 짐을 내릴 준비 중

2. 반장이라는 이름의 무게

교육과정을 수료하고 처음에는 신축 현장이나 지물 현장에서 적은 일당을 받고 프리랜서로 일하게 된다. 일정 기간이 지남에 따라 기술과 경력이 쌓이게 되면 제대로 일당을 받고 기술도 인정받게 된다.

나는 교육과정 수료 후 지인 찬스로 지물 현장에서 시작하여 일정 기간 경험과 기술을 쌓은 후 가슴에 품어 두었던 꿈을 펼치고자 과감하게 개인사업자로 영역을 넓혀 나갔다.

도배 현장에서 책임자를 반장, 오야지, 사장이라고도 한다.

고객과의 전화나 문자 상담부터 시작하여 현장 방문 요청을 받으면 샘플 책자를 가지고 가서 천장이나 벽면 상태를 확인하고, 벽지 색상 고르는 데 도움도 드리고 최종적으로 가격을 제시하여 확정되면 집으로 오는 발걸음은 가볍고 기분이 좋다.

도배 평수와 기존 벽지나 새롭게 붙일 벽지의 종류에 따라 다르겠지만 공급평수 24평(거실 겸 주방, 방 3의 구조) 이상은 3~4명이 팀을 이루어 작업을 한다.

총판이나 쇼핑몰에 벽지 및 부자재를 주문할 때 도배 평수가 넓으면 공사 현장에 하루 전날에 도착되도록 의뢰한다. 이때 벽지와 풀 등 부자재가 현장에 배송될 수 있도록 사전에 고객에게 양해를 구하는 게 좋다. 공동현관과 세대현관의 비밀번호를 요청하면 흔쾌히 허락하신다.

엘리베이터가 없는 경우 한 몸 걸어 올라가기도 힘든데 약 25kg 되는 풀 기계나 벽지, 풀 등을 운반하려면 힘이 쭈욱 빠진다. 멤버들에게 부담을 주지 않으려고 내가 먼저 도착하여 무거운 짐들을 올려놓는 경우가 많다. 무엇이든지 마음먹기에 달려 있다. 힘들어도 내가 선택한 현장이고 이것도 운동이라고 생각하면 그나마 힘듦이

덜하다. 남들은 없는 시간 쪼개어 돈 내고 헬스장이나 PT 학원 다니면서 건강관리하고 있는데 도배는 돈 들이지 않고 운동하고 돈도 벌 수 있으니 이보다 더 좋은 게 어디 있겠나? 꿩 먹고 알 먹고, 도랑 치고 가재 잡고, 마당 쓸고 돈 줍는 그야말로 일석이조다.

멤버들에게 간단하게 작업지시를 한 후 오전, 오후 내내 작업을 하다 보면 어느덧 끝이 보이기 시작한다. 고객에게 오셔서 확인할 것을 전화하고 도배상태를 전체적으로 확인하고 미비한 부분은 멤버들을 개별적으로 불러 설명하는 것도 잊지 않는다. 지적은 발전할 수 있는 토양이다.

고객이 들어오면 작업 과정과 풀 묻은 벽지의 현재 도배 상태, 2~3일 뒤 달라질 도배 상태와 좋은 품질을 유지하기 위해 주의해야 할 몇 가지 사항도 설명해 드린다. 그리고 가끔 리뷰도 작성해 달라고 요청한다.

도배 후 하자는 오롯이 반장의 책임이다.
도배 직후에는 상태가 좋았지만 시간이 지남에 따라 이런저런 사정으로 품질 상태가 안 좋아서 고객이 A/S를 요청할 때 지체하지 않고 제때에 잘해 드리면 재도배나 소개로 도배 작업을 요청해 오는 경우도 있다. 사람이 하는 일이라 환경과 시간의 변화에 따라 하자가 발생할 수 있다.
하자 때문에 스트레스를 받아 잠 못 이루는 동료 도배사들도 더러 있다. 그래서 많은 도배사들은 하자에 대한 책임감으로부터 자유로울 수 있는 프리랜서를 선호한다.
몸과 마음에 해로운 스트레스를 받지 말자. 가서 하자 처리해 주면 되고 지나고 보면 시간이 해결해 줌을 많이 느낀다. 하자 발생 유형과 하자 처리 방법을 잘 알고 A/S만 잘해도 도배에 대한 자신감은 배가 되고 스스로 발전해 가고 있음을 느끼게 된다.

고객에 대한 배려는 반장의 책임감 중의 하나다. 특히 A/S가 그 예다.

고정 멤버가 있기 때문에 일을 꾸준히 확보해야 한다. 이들과 같이 한 달에 최소한 20일 이상 일을 해야 멤버들도 어느 정도 수입이 확보될 수 있을 터인데 도배 평수가 적으면 1명만 데리고 갈 때도 있다. 일이 많을 때는 행복한 고민이지만 일이 없을 때는 이것도 보이지 않는 부담이다. 프리랜서 때보다 개인사업자로 반장의 자리에서 수입이 더 많은 것은 그만큼 책임감과 부담이 크기 때문이다.

누군가는 말했다.

"책임감이라는 무게는 자신감과 성실함으로 가벼워진다."

짐이 많은 어느 가정집 도배 중

3. 보이지 않는 치열한 가격 싸움

요즘 고객은 On/Off Line에서 물건을 구매하거나 필요에 따라 전문가를 찾을 때 리뷰와 평점, 더 나아가 가격을 중요하게 여기는 것 같다.

도배도 마찬가지다.

"사장님 리뷰나 평점은 좋은데 가격이 좀 비싸네요?"라고 말씀하시는 고객도 있고 **"가격 좀 깎아 주시면 안 되나요?"** 하는 고객도 더러 있다.

이때부터 고객과 보이지 않는 가격과 눈치 싸움은 시작된다. 비록 표준화된 가격은 없지만 도배 평수, 건물 구조와 기존 벽지 종류 및 새롭게 붙일 벽지 종류 그리고 추가 작업 등에 따라 적정 수준의 합리적인 가격을 머릿속으로 빠르게 계산한다. 동시에 고객의 반응이나 표정을 유심히 살펴본다. '다른 도배사들로부터 이미 가격을 제시받았겠지? 혹시 내가 제시하는 가격이 높으면 어떻게 하나?'라는 생각을 잠시 하게 된다. 고객과의 상담 중 분위기가 좋으면 가격을 제시하기 전에 다른 도배사로부터 제시받은 가격을 알려 주시면 최대한 맞추어 드리겠다고 하면 고객은 제시받은 가격을 말해 준다.

높게 부르면 더 저렴한 가격을 찾아 발길을 돌리는 경우도 있다.

그럴 때 "가격이 품질입니다."라고 말씀드린다.

젊은 신혼부부 고객에게는 전세로 주인이 도배를 안 해 주는 경우 본인이 비용을 부담하는데 돈이 들어가는 곳이 많아 "저희들 돈이 별로 없는데 좀 싸게 해 주시면 안 되나요?"라고 웃으면서 물어올 때 자식 같고 기분이 짠하여 공사 가격을 깎아 주는 편이다.

한번은 윗집 누수로 아랫집 창 측 주변의 천장을 실크 도배하게 되었다. 누수로 석고보드가 썩어 도배하는 데 애를 먹었다. 실크벽지를 전부 제거한 후 드라이기로 젖은 부분을 50분에 걸쳐 말린 후 아크졸을 바르고 방습지를 붙이고 초배 작업(부직포 시공) 후 실크 정배하였다. 공사대금은 윗집에서 받았다. 아랫집 연세 많으신 고객은 고생하셨다면서 10만 원을 팁으로 주셨다. 드문 경우다.

애덤 스미스가 '국부론'에서 푸줏간 주인과 양조장 주인의 이기심 운운하면서 탄생시킨 보이지 않는 손(Invisible Hand)이란 개념은 수요와 공급에 따라 형성되는 시장가격이다.

도배는 시장 가격이 없다. 시장 가격(도배 표준수가 또는 표준가격)이 없다 보니 도배사가 부르는 게 값이다. 이럴 때 고객에게 가격은 욕망을 투영하는 보이지 않는 거울이 된다. 도배하기로 확정한 후 5만 원, 10만 원 정도 저렴한 곳으로 갈아타는 고객을 볼 때 섭섭하기도 하지만 고객의 입장에서 보면 바람직한 경제활동이다. 한편으로 합리적인 가격보다 훨씬 더 저렴한 가격을 제시하는 도배사들을 볼 때 제 살을 깎아 먹는 것 같아 이 또한 아쉽다.

👉 TIP! 일반적인 도배견적 산출방법

공급 또는 분양면적×2.5=도배 평수/5평=벽지 가격+인건비+부자재+식비+상황에 따른 추가 요금 등
※ 주의: 전용면적, 단독주택 또는 오래된 아파트(도배 면적이 비교적 넓기 때문), 확장된 경우×3

구두상으로 도배하기로 확정하면 계약금을 안 받고 작업 완료 후 와서 확인케 한

후 공사 대금을 받는다. 그러다 보니 더 저렴한 곳으로 갈아타는 소비자를 한 달에 두세 명 정도 경험한다. 이럴 때는 내 것이 아닌 것에는 미련을 버리자고 자신을 위로한다. 지방에 거주하는 고객은 주말에 와서 도배상태를 확인한 후 입금을 해도 된다고 배려를 한다. 직장 다니는 고객은 퇴근 후 와서 보고 입금해도 된다고 말한다.

현대는 신용사회다.
도배도 마찬가지다.
믿고 신뢰하고 다가오는 고객,
잘 부탁드린다는 따뜻한 말 한 마디에
얻어먹은 것 없어도 작업 과정에서 손 한 번 더 가는 경우가 많다.
이는 곧 품질 향상으로 이어진다.

종류별 솔

4. 추가 요금을 요청해 볼까?

현대는 선택과 가격의 시대인 것 같다. 매 순간 행동에 따른 선택과 결정을 해야 하고 경제활동하면서 가격을 비교하고 또 결정하게 된다.

도배를 의뢰하는 고객은 리뷰나 평점 못지않게 가격에 민감하다.

도배는 마무리 공정으로 고객, 특히 젊은 고객일수록 요구하는 품질 수준도 까다롭다. 요즘같이 어렵게 내 집을 마련한 만큼 가성비가 좋으면서도 높은 품질을 요구한다. 전세나 월세를 주는 목적으로 도배를 하더라도 신경 써서 도배해 달라고 요청하는 고객을 보면 내 집, 내 소유에 대한 애착이 큼을 알 수 있다.

플랫폼에서 고객은 거래 요청서를 보내면 최소한 8~9명의 경쟁 도배사들의 가격을 비교하고, 많게는 10명의 경쟁 도배사들의 가격을 비교하기도 한다. 부지런한 고객은 심지어 인근 지물포에 가서 가격을 알아보곤 한다. 이는 합리적이고 바람직한 경제활동이다.

전화 상담하거나 현장을 방문하여 보면 집 구조나 면 상태가 다양함을 알 수 있다. 상담하면서 추가 작업으로 작업 후 달라질 품질을 잘 설명하는 게 중요하다. 이를 소홀히 하면 작업 후 자칫 클레임으로 연결될 수 있다. 면 상태에 따라 밑 작업, 초배 작업 추가 여부에 따라 당초 제시한 공사 가격에 기술자 1품을 추가하는 경우도 있다.

고객이 방문 상담을 요청하지 않으면 거의 문자와 전화 상담으로 업무를 진행한다. 도배 평수, 기존 붙어 있는 벽지 종류와 새롭게 붙일 벽지 종류 그리고 천장 등(燈) 교체 여부, 곰팡이 발생 여부, 엘리베이터 유무, 추가로 요청사항 등을 들은 후 준비한다. 기존 붙어 있는 벽지가 합지라고 듣고(심지어 문자로 사진 찍어 보내온다)

도배 당일 아침에 현장에 가서 살펴보면 실크인 경우가 자주 있다. 이럴 경우 밑 작업, 초배 작업하는 데 1~2시간 더 소요되기 때문에 잘 설명하고 추가 요금을 요청하면 고객은 거의 다 들어 준다.

참고로 추가 요금을 받을 수 있는 항목에 대해 부연한다.

1) 짐 있는 집
2) 이사 후 당일 도배 또는 이사 후 당일 도배, 당일 입주
3) 오후 6시 이후 야간 작업 또는 이른 새벽 작업
4) 곰팡이 발생하여 처리하는 경우(면적에 따라)
5) 기존 실크벽지 제거(1품 추가)
6) 초배 작업(부직포 시공 등)
7) 고가 높은 복층
8) 굽도리(논술입) 작업
9) 전등 교체
10) 엘리베이터 없는 집
11) 몰딩이나 걸레받이 교체, 벽면 파손 등으로 퍼티 작업
12) 무몰딩 도배
13) 옷장이나 붙박이장 안 도배
14) 벽면 코너 퍼티 후 알루미늄테이프 붙이는 경우
15) 몰딩이나 걸레받이 교체 후 평탄화 작업을 위해 퍼티 작업하는 경우
16) 포인트 벽지로 벽지 색상을 여러 개 선택할 경우
17) 깨진 석고 부분 교체
18) 부분 페인트칠하는 경우 등

공사 가격은 추가 요금을 포함하여 가능하면 한 번에 제시하는 게 좋다. 불가피하게 추가 요금을 요청할 경우 고객에게 잘 설명하고 설득하여 오해를 사지 않게 하는 게 필요하다. 추가 요금에 대해서는 1품이라고 말하지만 정형화된 가격은 없다. 추가 요금이니만큼 고객에게 부담이 되지 않으면서 일양의 추가에 따라 합리적인 가격을 제시할 수 있어야 한다. 자칫하면 고객은 다른 도배사에게 발걸음을 옮길 수도 있다. 그래서 수용 가능하고 큰 부담 없는 가격을 제시할 수 있는 감(感)이 필요하다. 고객도 설명을 듣고 도배 후 품질 상태가 좋다면 추가 요금을 기꺼이 지불함을 자주 경험한다. 도배사의 능력이다. 고객과 상호 소통의 결과 추가 요금을 받게 되면 열심히 일하는 팀원들에게 조금 더 챙겨 준다.

"품질은 가격에 비례한다(Quality is proportional to the price)."

TIP! 도배 현장 용어

일본 현장 용어	도배 용어	일본 현장 용어	도배 용어
가도	모서리	마끼자	줄자
가베	벽	분빠이	나누다
겐바	현장	빠데	평탄화 작업
곰방	운반	빠루	망치, 장도리
귀네바리	코너 짧은 초배	빼빠	연마, 싸포
나라시	정리	쓰라	면
내바리	보수 초배	아시바	비계
네지	나사	오사마리	마무리, 마감
노바시	숙성, 숨죽임	오야/오야지	책임자, 사장
단도리	준비	요꼬	횡으로 붙임
데나오시	하자보수	우마	발판, 작업대
데마	품, 삯	하리	보

데모도	조공, 보조공	하바	폭. 넓이
데꼬보꼬	울퉁불퉁, 요철	하바끼	굽도리, 걸레받이
덴죠	천장	하시라	기둥
마와리부찌	반자돌림	헤라	바닥 긁기용 칼
메지	줄눈	헤베	평방미터
미즈바리	양쪽 물바름	호부기	풀바름 기계
베다	밀착시공	후꾸로	공간 초배
벽쓰라	벽코너	히로시	눈금, 표시

5. 이사 후 도배 그리고 당일 입주. 바쁘다, 바빠!

얼마 전 이사 후 도배, 청소, 당일 입주하는 아파트 광폭합지 도배 의뢰가 들어왔다. 집 바로 뒷동네 34평 아파트 도배 시공이다.

이런 경우 고객은 사전에 이삿짐 업체, 도배 시공, 심지어 입주 청소 등 시간대나 일자별로 이것저것 정해 놓고 업체를 섭외하고 진행한다.

현장을 방문하여 고객과 상담하고 기존의 벽지 종류도 확인하였다.

헐, 맞댐 시공의 실크다.

대박.

갑자기 머리가 복잡하다.

고객은 3군데 도배 업체와 상담했는데 난색을 표했다고 말한다. 도배 업체가 많기로 유명한 방산시장에도 전화해 보았단다. 도배사들이 꺼리는 도배 중 하나다.

이삿짐은 오후 4시에 들어오는데 도배가 늦어 대기하는 시간이 길어지면 시간당 5만 원의 대기료를 지불해야 한다고 한다.

이건 또 무슨 날벼락 같은 소리.

아무리 시간이 급해도 도배를 대충 빨리하는 성격이 아니다.

하필 내가.

이런 날은 정신이 없다.

고객의 필요를 충족시켜 주기 위해서는 누군가는 해야 할 도배.

그래, 해 보자.

도배 2~3일 전에 방문하여 실측하고 하루 전에 풀 기계로 벽지를 뽑아 가야 시간을 절약할 수 있다.

도배 당일,

이삿짐은 오전 11시 30분에 다 빠진다고 했다.

멤버 6명에게 11시에 오라고 연락해 둔 상태라 수시로 올라가서 짐 빠진 정도를 확인하고 빈방에는 벽지와 부자재 그리고 시공구 등을 운반해 놓았다.

이삿짐 업체 인부들이 짐이 빠진 방은 도배해도 된다고 말했다.

점심시간을 아끼고자 햄버거를 시켜 먹었다.

11시 20분부터 분주하게 움직이기 시작했다.

6.25는 난리도 아니다.

주어진 시간은 딱 4시간.

오로지 시간과의 싸움이다.

작업 지시를 한 후 각자 방에 들어가 일하느라 분주하다. 아무리 시간이 없고 급하다고 해도 도배는 하자가 나면 안 된다. 고객의 필요와 만족을 위해서 꼼꼼하고 성의껏 밑 작업과 초배, 정배 과정을 진행해야 한다.

같이 일하는 멤버들은 내가 지시 안 해도 잘 알고 있다.

시간이 지남에 따라 작업 속도도 나고 작업 결과물도 서서히 보이기 시작한다. 손이 빠른 기공들은 벌써 안방을 마무리하고 거실로 나온다. 이때 경력과 실력을 확연하게 알 수 있다.

입주하실 고객은 연신 왔다 갔다 하며 살펴본다. 도배할 때는 없는 게 도와주는 것이다. 도배 완료된 방은 바닥 청소하실 모양이다.

오후 3시 정도 되니 안 보이던 이삿짐 업체 인부들도 들락날락한다.

신경 안 쓰려고 해도 신경 쓰인다.

자기들도 짐을 들여와 놓고 집에 가서 쉬어야 하는데 늦으면 얼굴에 싫은 내색을 보이는 경우도 있다.

"짜증을 내어서 무엇 하나 성화를 내어서 무엇 하나"라는 가사가 생각난다.

동선이 겹치지 않는 범위 내에서 도배 완료된 방에 짐을 들여놔도 된다고 말했다.

인부들은 고맙다며 기다렸다가 도배가 완료되면 사다리차 연결하고 짐을 올리겠다고 말한다. 도배가 다 된 방은 이삿짐 업체 인부들이 바닥에 널브러져 있는 벽지 조각 등을 정리해 주셨다.

감사하다.

현장에서 하는 일은 다르지만 서로 배려하고 이해하는 따뜻한 마음을 지닌 사람들을 가끔 만난다.

6명이 정신없이 분주하게 움직인 결과 오후 4시 10분 전에 도배를 완료하였다.

고객님도 도배 상태를 보시더니 좋아하셨다.

이삿짐 업체 인부들도 생각보다 일찍 마쳤다고 수고하셨다고 말씀해 주셨다.

정신없이 바빴던 하루.

마치고 집으로 돌아가는 발걸음은 후들거린다.

얼른 가서 쉬어야지.

그래도 멤버들의 수고로 시간 내에 마치고 일찍 집에 가서 좋다.

작업시간이 짧아 꿀 현장이라면 꿀 현장이다.

소형 어린이 무늬 띠 벽지

6. 하자가 발생하면 자존심이 상한다

한 달에 어림잡아 23일 정도 도배를 위주로 시공하고 장판, 페인트 작업도 한다.

벽지나 부자재 등을 준비할 때의 마음가짐은 시공 후 고객이 만족하기를 바라고, 현장으로 출발할 때는 오늘도 안전사고 없이 무사히, 마치고 집으로 돌아올 때는 도배하여 기쁜 집에서 행복하고 건강하게 잘 살기를 바라고 또 하자가 나지 않기를 간절히 바란다.

현장에 가 보면 집의 구조나 천장이나 벽면 상태가 다르고 결로 현상으로 곰팡이가 발생했거나, 벽지 들뜸, 갈라짐, 벌어짐, 뒤틀림, 표면 찍힘, 오염 등 다양한 문제가 있다. 바탕면 밑 작업이나 초배 작업을 소홀히 하거나 정배 작업을 꼼꼼하게 하지 않을 경우 하자가 발생할 가능성이 매우 높다. 또한 일정 기간이 지남에 따라 온도, 습도 등 계절적 변화나 콘크리트면 갈라짐이나 석고보드 틀어짐으로 벽지에 문제가 발생하여 하자가 날 수도 있다.

일당 즉 프리랜서로 다니는 도배사들은 도배 이후 하자에 대한 책임이 없어 자유롭기 때문에 경우에 따라서는 대충 빨리 도배하는 경우도 있다고 한다.

도배 후 온도, 습도, 기후 변화에 따라 품질 상태가 불량하여 고객이 하자 보수 처리(A/S)를 요청해 오는 경우 스트레스를 받는다. 무엇보다도 오랫동안 도배 일을 해 오면서 나름 기술자라고 자부해 오던 터라 내심으로 자존심이 상한다. 여러 팀원들과 같이 일을 하면서 누가 어떻게 하여 하자를 일으켰는지 알고 싶지 않다.

TIP!

도배 후 하자가 발생했을 때 A/S 기간은 '건설산업기본법' 시행령 제3조(하자담보 책임기간)
15항 건물 내 설비에 해당하는 공정으로 시공 후 하자 보수 기간은 1년으로 명시되어 있다.

최대한 빨리(최소 3일 내에) 현장을 방문하여 하자 유형과 발생 원인을 살펴보고
고객에게 도배 하자인지 아니면 다른 원인으로 인해 도배 불량이 발생하였는지를 설
명하고 향후 계획을 협의한다.

하자가 발생하여 고객으로부터 연락이 오면 하자 부분에 대해 사진을 찍어 보내
달라고 하여 벽지나 부자재를 준비하여 일정을 잡아 처리해 주는 게 대부분이다. 이
때 하자 원인에 따라 추가 비용을 요청하기도 하지만 거의 무상으로 처리해 준다.

도배도 중요하지만 하자가 발생하여 미안한 마음으로 제때 하자 처리를 잘해 주면
고객과 신뢰관계가 더 쌓인다. 하자 처리를 신속하고 깔끔하게 해 주면 고맙다고 도
배를 소개해 주는 경우도 있다. 아이러니하다.

하자 때문에 스트레스를 받아 도배 활동을 그만두는 도배사들 이야기를 듣곤 한
다. 경력이 많지 않은 도배사일수록 스트레스가 이만저만 아니라고 한다. 자다가도
벌떡 일어난다고 한다. 별것 아닌 것 가지고 다른 의도로 하자 트집을 잡는 경우 더
더욱 그렇다. 도배사 개개인의 성격일 수도 있고 하자 처리유형을 잘 몰라서 그럴 수
있다.

상담부터 시공 그리고 시공 후 관리까지 고객과의 의사소통이 중요하다. 현재의
면 상태 설명, 특히 초배(띄움 시공) 작업을 하지 않아 울퉁불퉁한 면이 도배 후 그대
로 나타나면 보기 좋지 않아 고객은 불편함을 이야기할 때도 있다. 그래서 사전에 초
배 작업을 할지 말지에 대해 설명하고 추가 요금을 요청하여 수용하면 깔끔하게 처
리하는 게 좋다.

매번 도배를 하면서 하자가 발생하지 않기를 바란다. 성의껏 밑 작업, 초배, 정배를 하여 이 집에 입주하는 고객이 만족하고 행복하게 살기를 바란다. 이런 마음으로 도배를 하다 보니 도배건수 대비 하자 발생률이 현저히 낮음에 팀원들에게 감사드린다. 팀원들에게 속도보다 품질이 중요함을 강조한다.

도배를 마무리하기 10분 전에 도배한 전체 상태를 꼭 확인하고 꼼꼼하게 점검한다. 하자 날 부분을 미연에 방지하기 위해서다. 짐이 들어온 후 하자가 발생하여 추가로 도배를 하게 되면 고객도 마찬가지로 불편하다. 사람이 하는 일이다. 그러나 정성과 방법에 따라 얼마든지 하자를 방지할 수 있는 일이 도배다.

하자 없는 그날까지,
Go, Go!!!

천장 석고보드 위 들뜸으로 하자 발생

7. 벽지의 종류를 어느 정도 알고 있나요?

도배 일을 하기 전에는 벽지에 대해 신경 써 본 적이 없다. 벽지가 터지거나 들뜨거나 벌어지거나 하는 등 하자에 대해서도 관심이 없었다. 합지나 실크벽지 구분조차 할 줄 몰랐다.

도배 일을 하면서 처음에는 식당이나 병원 등 어디를 가든지 간에 습관적으로 벽지 상태를 확인하곤 하였다.

고객과 상담하면서 기존의 붙어 있는 벽지가 합지인지, 실크인지 물어보면 많은 고객은 구분을 잘 못 하는 경우가 많다. 합지라고 전해 듣고 도배 당일 현장에 가서 확인해 보면 실크인 경우도 가끔 있다. 이런 경우 참 난감하다. 밑 작업 하는 데 시간이 많이 걸리기 때문에 추가 요금을 설명하고 급하게 인원을 1명 더 추가하는 경우도 있다.

벽지 제조회사도 많고 벽지 종류도 다양하다.
개략적으로 **벽지 종류**에 대해 살펴보고자 한다.

1) 합지벽지(종이벽지)

  (1) 단지: 한 겹으로 된 얇은 종이벽지.

  (2) 합지(Duplex Wallpaper): 종이 두 장을 배접하여 겉지 표면은 분리되고 속지(뒷장)는 바탕면에 부착되는 이중 종이벽지.

구분	규격	평수	장점	단점
소폭 20롤 1박스	폭 53센치×길이 12.5미터. 현장용	2평	가장 저렴 (전세 등)	- 이음매 빈번 - 곰팡이, 얼룩 발생 가능
광폭 6롤 1박스	폭 93센치×길이 17.75미터. 현장용	5평	중간 가격	
와이드(장폭) 4롤 1박스	폭 106센치×길이 15.6미터	5평		

2) 실크벽지(Silk or PVC Wallpaper)

종이 위에 PVC폴리염화비닐을 코팅한 이중 분리벽지(폭 106센치×길이 15.6미터).

- **장점:** ① PVC 코팅되어 습기에 강하고 변색이 잘 안 됨.

  ② 오염이 잘 안 됨.

  ③ 표면이 비닐 성분이라 오염물질이 묻어도 물걸레로 문지르면 어느 정도 제거 가능함.

  ④ 맞댐 시공이라 외관상 깔끔함.

- **단점:** ① 가격이 비쌈(벽지 가격, 인원 감안 합지에 비해 2배 정도 비쌈)

  ② 시공 절차가 까다로워 시간이 많이 소요됨.

  ③ PVC 코팅되어 통기성과 흡수성이 부족함.

  ④ 아토피, 천식, 비염 등 만성질환이 있는 분들에게 추천하지 않음(벽지에 PVC를 합성하기 위해 여러 화학제품을 사용하기 때문에 환경호르몬이 소량 발생할 가능성이 있음).

3) 특수벽지

(1) 천연(친환경)벽지(Natural Wallpaper): 황토, 편백나무, 쑥, 녹차, 라벤더, 양모

등 인체에 이로운 자연재료를 혼합하여 코팅한 벽지.

- **장점**: ① 어느 정도 유해물질(벤젠, 휘발성 유기화합물, 포름알데히드) 흡착 제거 및 탈취 가능.

　　　② 아토피, 비염, 천식 같은 환경성 질환 개선에 어느 정도 효과가 있다고 함.

- **단점**: 가격이 실크보다 비쌈.

(2) 뮤럴(벽화, 디자인)벽지(Mural Wallpaper): 유명 화가의 그림, 풍경 등 대형 그림이나 이미지 사진을 프린트하여 이색적인 분위기 연출 가능.

- **장점**: ① 규격이 크고 다양함.

　　　② 취향에 맞게 공간 연출 가능.

- **단점**: ① 주문 제작으로 가격이 비쌈.

　　　② 맞댐 시공으로 전문 시공이 요구됨.

(3) 방염벽지(Fire Retardant Wallpaper): 벽지에 특수 불연성 소재를 재접하여 불꽃이 번지는 속도를 줄이도록 제작된 무기질벽지.

(4) 한지벽지: 닥나무 표피(펄프), 옥수수, 대나무, 단풍나무, 은행나무 잎 등을 배접한 친환경 벽지로 환경에 민감한 아토피, 천식, 비염 등 만성 질환이 있는 분에게 추천함. 사이즈는 규격에 따라 다양함.

(5) 패브릭벽지(Fabric Wallpaper): 우단, 마, 니트, 캔버스, 벨벳, 천연 실크 등의 패브릭 소재로 만든 섬유벽지의 일종.

(6) 레자벽지(Reza Wallpaper): 인조가죽으로 만든 벽지(비쌈).

(7) 질석(돌)벽지(Vermiculite Wallpaper): 잘게 부스러뜨린 돌을 접착하여 만든 벽지.

- **장점:** ① 단열 및 결로 방지에 뛰어남.

    ② 표면이 반짝거려 포인트 벽지로 특유의 분위기 연출 가능.

- **단점:** ① 가격이 비싸고 시공이 까다로움.

    ② 스칠 시 돌가루가 떨어지는 경우가 많음.

(8) 발포벽지(Form Wallpaper): 종이 위에 발포 처리된 비닐을 코팅한 벽지로 입체적인 질감 표현이 가능하여 포인트 벽지로 많이 사용됨.

(9) 페인팅벽지(Painting Wallpaper): 페인트 질감의 얇은 벽지. 예민한 벽지라 도배사들이 시공을 꺼리는 벽지 중의 하나임.

방염 벽지 스티커

제조사별 벽지 샘플 책자

8. 곰팡이와의 전쟁

지물 현장에 가 보면 천장이나 벽면에 필름지가 붙여져 있는 곳을 자주 본다. 또는 단열벽지가 붙여져 있거나 기존 벽지 안에 이보드가 붙어 있는 경우 곰팡이가 발생하였을 확률이 매우 높다. 들어가면 안에서 풍겨 나오는 냄새부터 다르다. 하수도관 배수가 잘되지 않거나 환기가 잘 안 되는 화장실 또는 지하 벽, 그리고 창문 주변이나 벽 모서리, 장판 밑 등에 곰팡이가 발생하여 축축한 흙 같은 퀴퀴한 냄새(musty smell)가 나고 심한 경우 방에 잠깐 들렀다 나왔는데도 현기증이 날 정도로 머리가 아픈 경험도 있다.

간혹 외관상으로는 습기 유입으로 인한 물 자국으로 보여 곰팡이 흔적은 없어 보이나 벽지를 뜯어보면 검게 곰팡이가 발생하여 심각한 경우도 많다. 특히 여름 장마철과 환기를 소홀히 하는 추운 겨울에 많이 발생한다.

단열이 잘 안 되는 집일 경우 공기와 벽의 온도 차가 15도~20도 이상 되면서 고온다습한 공기가 벽에 부딪혀 이슬이 맺히는 결로 현상, 즉 습기가 차게 되면 곰팡이가 발생하기 쉽다.

윗집에서 노후 수도 배관이나 화장실 공사 중 아랫집으로 물이 새어 천장이나 벽에 곰팡이 발생한 경우도 더러 있다. 벽지를 제거하고 석고보드까지 썩어 숟가락으로 떠질 정도로 심각한 집도 있다.

도배하러 가 보면 심각하여 놀랄 때도 있다.
무심하게도 이런 집에서 사는 사람들도 참 대단하다고 생각한다.
고객은 곰팡이 처리만이라도 좀 잘해 달라고 신신당부하곤 한다.

• 발생 원인

1) 건축물 입지 조건(일조량이나 통풍 부족)

2) 건축물 내외부 하자(천장, 벽 내장재의 부실시공으로 방습 성능 저하)

3) 일상생활 습관(환기나 통풍 부족, 실내 과습도, 수증기 다량 발생 등)

4) 계절적인 요인(동절기, 하절기 내외부 온도·습도, 기온 차이 등)

누수로 윗집, 아랫집 간의 갈등으로 감정이 상해 얼굴도 보기 싫다고 하는 고객도 있고 상담 시나 도배 후 위아래 오르락내리락하면서 진행상황을 설명하고 공사 대금을 받은 적도 있다.

어느 날 아파트 4층을 도배하고 있는데 같은 층에 거주하시는 중년의 남성고객이 점심시간에 잠깐 자기 집으로 오라고 하여 방문하였다. 약 1년 반 전에 거실 천장 오른쪽 몰딩 주위에 누렇게 벽지가 변색되더니 서서히 창 측으로 전부 변색되어 곰팡이가 심하게 발생하였다며 윗집에 수리를 요청하였다고 하였다. 윗집은 전문가를 4번이나 불러 누수원인을 찾으려고 하였으나 발견하지 못하고 지금까지 오게 되었다고 한다. 같은 날 저녁 6시 정도에 도착하여 밑 작업, 곰팡이 처리 후 초배 작업하고 정배하였다. 소파, 냉장고 등 짐이 많아 작업이 더디고 힘들었지만 마치고 나니 고객이 만족해하시고 감사하다는 말씀에 홀가분하게 집으로 돌아왔다.

건강에 해로운 곰팡이의 종류는 약 500종이라고 한다. 곰팡이 악취는 mVOCs다.

몸에서 떨어져 나온 곰팡이 포자는 공기 중에 수백만 개씩 떠다니다가 습기가 많은 곳에 닿으면 더 많은 곰팡이를 만들어 내며 호흡을 통해 인체에 들어가 비염이나 두드러기 같은 알레르기성 질환을 일으키곤 한다.

곰팡이 균에 장기적으로 노출되면 면역력이 떨어지며 호흡기 질환에도 안 좋다.

한번 핀 곰팡이는 석고보드 등 천장이나 벽면 재질을 교체하지 않거나 적절한 단열재를 설치하지 않고서는 근본적인 해결은 안 된다.

알면서도 도배하기 전 벽지를 제거하고 락스를 분사하여 검은 흔적을 제거하고 아크졸 등 약품 도포한 뒤 방습지를 붙이거나 결로 방지 페인트를 칠한 후 도배하기도 한다.

무엇보다도 일상생활에서 지속적인 관심과 노력이 필요하다.

첫째, 주기적인 통풍 및 환기를 해 주면 효과가 있다.

둘째, 일정한 건조 상태 유지(습도 30~50%), 하절기 제습기 설치 등도 추천한다.

셋째, 가구나 냉장고 등을 벽면에서 조금 거리를 두고 설치하기를 바란다. 벽도 숨을 쉴 수 있는 일정한 공간이 필요하다.

이를 소홀히 하면 아무리 밑 작업, 초배 작업하고 도배를 잘해도 유사한 상황 즉, 평상시에는 포자 형태로 있다가 습한 환경이 조성되면 포자를 퍼뜨려 곰팡이 번식활동을 활발하게 할 수 있다.

그래서 사전 예방이 중요하다.

작업 시 냄새 나고 먼지 나도 완전히 박멸하자.

곰팡이 균 박멸하는 그날까지.

곰팡이 없는 세상을 향하여.

그리고 고객의 건강을 위하여.

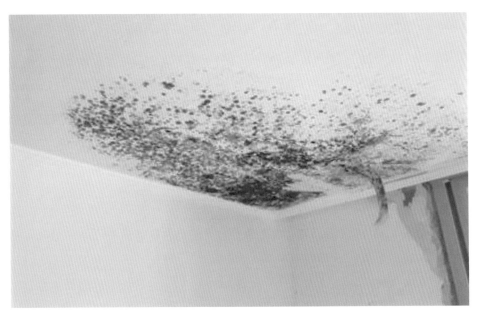

어느 군부대 관사 천장에 핀 곰팡이

안방 벽면 이보드 제거 후 곰팡이 발생한 부분 스크레퍼로 흔적 제거 중

9. 고정으로 따라다니면서 배우고 싶다고 간절히 요청한 어느 초보 도배사

밴드나 블로그, 입소문, 플랫폼에서 프로필을 보고 장문의 문자를 보내오거나 전화로 고정으로 다니면서 일머리를 배우고 싶다는 초보 도배사들을 가끔 본다.

첫째, 입문 후 시간이 지나도 제대로 기술을 배우지 못하고 잡다한 허드렛일만 하는 경우도 있고,
둘째, 일을 꾸준히 할 수 있는 현장이 없어서 그럴 수 있고,
셋째, 여기저기 낯선 사람을 찾아다니기에 부담스러울 수도 있고,
넷째, 낯선 도배사들로부터 심리적으로 부담되는 거친 말을 들은 경우도 있다.

그들은 3년 정도 기술을 익혀 놓으면 장기적으로 비전이 있고 어느 정도 돈벌이가 된다는 사실을 잘 알고 있기 때문이다.

한번은 이런 일이 있었다.
그날도 도배하고 오후에 집에 와서 저녁을 먹은 후 다음 날 도배 준비물을 정리하고 있는데 대략 40대 중반 정도 되어 보이는 목소리의 낯선 남성으로부터 전화가 왔다. 그는 먼저 밴드에서 선생님을 알게 되어 초면에 무례하게 전화 드리게 되어 양해를 구한다고 말문을 열었다.
그동안 날일 현장에 다니면서 허드렛일만 하다 보니 시간이 지나도 기술을 제대로 배울 수 없는 자신의 현 상태를 아쉬워하며 기술을 익혀 독립하고 싶은데 사부로 모시고 다니면서 도배를 배우면 안 되겠느냐는 내용으로 간절하게 부탁을 하였다.
몸이나 마음만큼은 건강하고 준비되어 있으니 무엇이든지 시키는 대로 하겠노라고 덧붙였다.

또 한번은 목동 소재 상가 도배 및 페인트 작업 중인데 오전 11시 정도 알지도 못하고 만난 적도 없는 20대 후반쯤 되어 보이는 한 젊은 남성이 찾아왔다. 자기는 안산에서 왔으며 갓 학원을 수료하고 마땅히 기술을 배울 곳이 없어 답답함에 하루하루를 보내다가 갑자기 현장에 찾아와서는 일을 배우고 싶은데 데리고 다닐 수 없느냐고 간절히 부탁을 하였다.

미안하고 찾아와 줘서 고마운 마음에 먼저 풀 기계 다루는 요령을 익히면 풀사로 다질 수 있는 기회가 많을 거고 시간 나면 하단을 내리기 시작하여 상단 벽지를 붙일 기회도 있을 테니 칼질 연습을 많이 하라고 조언을 해 주었다. 그날 저녁 나는 그에게 초보자로서 마음가짐, 일머리, 품질, 앞으로의 계획 등 경험에 비추어 장문의 문자를 보냈다. 어떻게 알고 찾아왔는지 물어보지 못했지만 아직도 궁금하다.

이럴 때 참 안타깝고 미안한 생각이 든다. 도배 평수에 따라 적정 공사 가격이 있고 적정 필요 인원이 있는데 무료로 일을 시킬 수도 없기 때문이다.

도배는 다른 직종에 비해 진입 장벽이 낮은 편이라 쉽게 마음을 먹고 들어왔다가 기술을 제대로 배우지 못하거나 생각보다 수입이 적거나 자존심 상하는 말을 들을 때 다른 분야로 방향을 전환하는 분들도 더러 있다.

어느 현장에 가든지, 누구를 만나든지 간에 겸손한 자세, 배우려는 태도, 성실하게 일을 한다면 선배 도배사들은 그들의 간절한 마음을 외면하지 않을 것이다.

탈무드에서는 **"이 세상에서 가장 지혜로운 사람은 어떠한 경우에도 배움의 자세를 갖는 사람이다"**라고 한다.

누구나 인정하는 도배 기술자로 오기까지 입문 시기나 배움의 과정, 애로사항을 경험한 도배 기술자라면 후배 도배사들에게 하나라도 더 가르쳐 주고 싶은 마음을 가지고 일을 하는 동업자들이 많았으면 한다.

요즘 MZ 세대들도 현장에서 자주 본다. 교육 현장이나 도배 현장에서 젊은 세대가 많이 진입하면 분위기도 활성화되고 저변이 확충되어 도배기술도 날로 향상될 걸로 확신한다.

오랜 숙련기간을 거친 수준 높은 동료 기술자들은 초심을 잊지 말고 후배들을 따뜻한 마음과 시선으로 바라보고 대하면 좋겠다.

오피스텔 복층 천장 도배 중

3장

창밖을 바라보며

1. 퇴직한 친구들의 넋두리

60년대 베이비붐 세대에 태어났다.

졸업 후 친구들은 공기업이나 금융기관에 많이 취업하였다. 지난날을 되돌아보니 순간순간 주변을 돌아보며 여유를 느낄 만큼 마음의 여유도 없이 앞만 보고 열심히 달려온 것 같다.

어느덧 시간이 흘러 머리카락이 희끗희끗 보이더니 정년을 맞이하거나 퇴직을 하였다. 국민연금을 받으려면 3~4년 정도의 기간이 더 필요하고 그 기간 동안 돈 쓸 일도 많을 텐데 가진 거나 수입은 한정되다 보니 마음이 많이 움츠러든다고 한다. 그나마 노후 보장이라고 믿고 있는 국민연금도 수급 개시 연령(65세)을 68세로 늦추려는 분위기다. 연금 받으면 도배 일을 그만두려고 하루하루 손꼽아 기다리고 있는데 답답하다.

연금 곳간이 빈다고 한다. 도대체 누가 얼마나 먹고 어느 정도 남았는지 한번 뚜껑 열어 눈으로 확인해 보고 싶은 심정이다.

법적 정년(60세)도 연장하고 수급 개시 연령을 맞추면 68세든 70세든 돈을 더 준다는데 누가 뭐라고 하겠나.

불가피하게 주택연금을 받고 있거나 거주하고 있는 집을 처분하거나 월세로 주고 규모를 줄여 수도권으로 이사를 간 친구들도 더러 있다.

그들은 열심히 살았고 앞만 보고 묵묵히 일하여 정년퇴직까지 왔으면 조직 내에서 성실성과 책임감만큼은 가정과 사회로부터 인정을 받고 이제는 좀 쉬어도 될 만한데 현실은 녹록하지 않다.

가장으로서 자녀 양육, 부모 공양, 내 집 마련 등으로 등골이 휘어지도록 앞만 보고 일만 한 세대들이라 40~50대부터 노후 준비를 소홀히 한 친구들도 더러 있다.

물론 나도 거기서 거기다.

60대는 아직도 신체적으로나 정신적으로 건강한 나이다.

퇴직을 새로운 삶의 기회로 여기고 또 다른 삶, 즉 제2의 인생을 살아 보고 싶은 간절함이 대화를 하다 보면 많이 느껴진다. 그러나 그들은 단지 숫자에 불과한 나이라는 현실의 벽에 부딪혀 좌절하고 생계형 문제에 직면하여 돌파구를 찾지 못하고 마음 졸인다. 그럼에도 불구하고 그들은 여기저기 재취업 사이트를 열심히 클릭한다.

나이가 무겁다고 회사에서 1순위로 밖으로 내몰거나 재취업의 문을 좁히는 조로(早老) 사회는 순기능보다 역기능이 많아 분명히 많은 것을 잃을 것이다.

돈으로 살 수 없는 지혜나 연륜, 경험은 사회의 귀한 자원이 아닌가?

가끔 친구들로부터 전화가 온다. 그 나이에 일을 할 수 있고 무엇보다도 적금을 들 수 있다는 게 부럽다고 말한다. 힘들고 몸 아프고 스트레스 받는 속마음도 모르고 하는 소리는 아닌지 속으로 웃는다.

학교 동창회나 동문회, 직장 동기회 등에 나가 보면 거의 다 집에서 삼시세끼를 해결하는 선후배나 친구들을 보게 된다.

이구동성으로 "너 따라다니면서 도배를 배우면 안 되겠느냐"라고 한다. 이 나이에 도배라는 경제 활동을 할 수 있음에 감사드린다.

그럼에도 불구하고 그들에게 먼저 도배를 배워 보라고 권하지 않는다. 주변에 20~30대 젊은이들도 따라다니면서 배우려고 부탁하는 마당인데 60세 넘은 그들을 데리고 다니면서 기술을 가르쳐 주기에 사실 부담스럽다. 계속 데리고 다닐 수 없기 때문이다.

사실 도배는 큰돈 안 들이고 소자본으로 진입하기에 좋은 현장 직군 중의 하나고 자기 하기 나름에 따라 수입도 뒷받침되는 이만한 직업도 없다.

이미 그들도 사이트를 통하여 이런저런 정보를 접하고 앞으로 도배를 배우면 정년이 따로 없고 수입도 적지 않는 등 비전이 있음을 어렴풋이나마 알고 있는 듯하다.

동시대의 많은 친구들이여!
절대로 고개 숙이지 마라.
열심히 살았잖아.
과거의 추억을 회상하고
미래의 꿈을 다시 한번 그리며 파이팅하자.

상가 초배 작업 중

2. 현장에서 만난 어느 부부 도배사

신축이나 지물 현장에서 가족이나 친인척이 팀을 이루어 작업을 하는 경우도 더러 있다. 젊은이들은 취업하기가 쉽지 않고 40~50대들은 다니던 직장을 그만두는 추세로 그동안 들은 게 있어 가족이나 지인 찬스로 자연스럽게 도배로 갈아타는 이들을 많이 본다. 먼저 시작한 가족이나 친인척의 추천으로 합류하지만 기술을 잘 배우고 익혀 개인사업자로 독립하여 공사수주를 받아 같이 협력하여 일을 하게 되면 일을 하는 횟수는 훨씬 많다. 이럴 때 참 부럽다.

남편은 기공(최소한 5년 이상 된 기술자)인 경우도 있고 아내는 풀사 겸 보조로 활동하는 부부 도배사도 제법 있다. 이들의 공통점은 서로 배려하고 힘든 일은 젊은 도배사들이 솔선수범하고 또 서로가 더 열심히 하고자 하는 마음이 가득하다는 것이다. 따뜻함이 느껴진다.

한번은 부부 도배사가 일하는 현장으로 갈 기회가 있었다.

8시에 도착하여 현장으로 올라가니까 50대 후반 되어 보이는 아내분이 컵라면에 떡, 커피, 음료 등 이것저것 챙겨 오셔서 바닥에 내놓는다.

이런 경우는 드물다.

나는 궁금하여 은근슬쩍 아내분에게 물어보았다.

일하게 되면 일당을 받느냐? 받는다면 얼마나 받느냐?

아내는 손사래를 치며 라면을 먹고 있던 남편에게 갑자기 일당을 달라고 소리친다. 남편은 듣는 둥 마는 둥 젓가락질만 열심이다.

남편에게 또 물어보았다.

한 달에 두 분이 얼마 정도 버느냐?

남편은 잠시 멋쩍어 하면서도 자랑스러운 듯 둘이 합쳐 한 달에 약 천만 원 정도 번

다고 한다. 꽤 큰돈이다. 내가 알고 있는 몇몇 부부 도배사들도 한 달에 대충 그 정도
는 번다고 한다.

　두 분이 함께 나와서 서로 협력하여 도배하는 모습을 볼 때면 친밀감도 높아 보인다.

　힘들어하는 아내를 보며 남편은 고맙고도 미안한 마음이 드는가 보다.

　아내는 결혼 전 남편의 이쁜 손에 반했는데 지금 남편의 투박한 손마디와 상처에
안쓰럽다고 한다. 매일 쓰는 칼날에 손이나 팔에 다치거나 심하게 다쳐 병원에 가서
꿰매고 와서 일을 한 적도 여러 번 있다고 가느다란 목소리로 말한다. 가장으로서 든
든한 경제적 후원자로 오기까지의 과정이고 그 과정 속에서 애환은 영광의 상처, 상
흔이라고 생각하는가 보다.

　나의 아내는 퇴직을 약 2년 정도 남겨 둔 학교 선생님이다.

　"퇴직하면 숍에 나와서 문만 지켜도 된다. 출퇴근은 마음대로 해도 좋다. 친구들을
불러 경로당 삼아 커피 마시며 놀아도 된다. 당연히 월급을 주겠다"라고 하면 평생
일만 했는데 돈을 많이 줘도 더 이상 일 안 할 거라고 퉁명스럽게 대꾸한다.

　나도 아내가 나와서 일하기를 바라지 않는다.

　평생 선생님으로 살아오다 보니 아직도 나에게 학생 대하듯 지적하고 판단하고 가
르치는 데 익숙하다. 그다지 부지런하지도 않고 친절하지도 않다.

　일을 손과 팔다리로 하는 게 아니라 입으로 할 것 같다.

　같이 살고 있는 내가 더 잘 안다.

상가 야간 초배 작업 중

3. 늦여름에 만난 젊은 신혼부부 고객

요즘 고객은 플랫폼을 자주 이용하며 고수(기술자)와 문자나 통화로 많이 소통하고 도배를 확정 짓기까지 프로필이나 리뷰, 평점, 가격, 시공 능력, 사진 등 꼼꼼하게 비교, 확인한다.

'숨은 고수(SoomGo)'를 통하여 공사 수주를 많이 받는다. 고용이 확정되면 벽지 선정, 도배 날짜 협의, 특이 사항 청취 등을 하거나 고객이 방문 요청하면 현장을 방문하여 실내구조나 도배할 면 상태를 보고 샘플 책자를 보여 주며 벽지를 고르는 데 도움을 주기도 한다. 드물지만 방문 상담 시 출장비를 받는 경우도 있으나 무료 방문이 대부분이다. 최종적으로 확정되면 공사 가격에 포함시킨다.

얼마 전 젊은 고객과 숨고에서 메시지를 주고받다가 방문 상담 요청이 들어왔다. 방문 상담 요청은 구조가 까다롭거나 싱크대 교체, 창문 및 문틀 교체나 페인트 작업, 바닥 시공 등 내부 수리 그리고 벽지 색상 선정에 도움을 받기 위해서 또는 곰팡이 발생 등 특이사항이 있는 경우가 대부분이다. 여러 번의 상담 과정을 거쳐 거래를 확정하고 도배를 하게 되었다. 신혼부부였다. 현장을 방문하여 보니 소폭 합지로 천장면, 벽면에 기존 벽지 이음매(벽지와 벽지 간 약 5미리 겹침)가 여러 겹 겹침이 있어 육안으로 보기에도 깔끔하지 않았다. 곰팡이도 여러 곳에 많이 피어 있었다.
팀원들에게 밑 작업과 면이 안 좋은 메인면에 부직포 시공 등 초배 작업을 꼼꼼하게 할 것을 지시하고 작업 과정을 사진 찍어 중간중간에 고객에게 보내 주었다. 젊은 부부가 도배 비용을 부담한다고 말했다.

최대한 성의껏 작업을 진행하였다. 밑 작업, 초배 작업이 잘되면 정배는 잘 나오기

마련이다.

완료 30분 전에 전화를 드리니 시간 맞추어 고객 부부가 함께 와서 도배 상태를 보더니 집이 밝고 넓게 보인다며 만족해하셨다. 수고하셨다는 그 말 한마디에 우리 도배사들은 피로를 잊게 된다.

그 부부는 예의도 바르고 서로 친밀감이 높아 보였다. 남편이 베란다 벽면 페인트 칠을 하고 전기 소켓과 천장 등(燈)도 교체하는 등 손재주도 있어 보였다. 이 정도의 부지런함이면 가족들 배 안 굶기겠다는 생각이 들었다. 아들 같은 느낌이 들어 남편에게 아내를 배려하고 이해하고 양보하고 때로는 참고 견디며 인내하며 대하라고 오지랖 넓게 말한 적 있다. 그 남편은 정말 고맙다며 1층 주차장으로 마중 나왔다.

집으로 돌아오는 차 안에서 이 집에서 즐겁고 행복하게 잘 살기를 바랐다.

집에 도착해 보니 벌써 리뷰가 올라와 있었다.

감사하고 고맙다는 생각이 또 들었다.

우**

도배 시공 ★ 5.0
결론: 여러견적 중 고민하지말고 바로 계약추천. 가격 완성도 친절도 모두 만점. 나중에 이사하면 무조건 고수님께 진행+지인에게 추천할 예정.

이유: (계약 전) 여러 견적중 합리적 가격+ 좋은 후기+ 친절한 응대 > 합리적 가격인데도 후기가 좋았음

(계약 중) 빠른 응대 및 중간중간 공유+ 비전문가도 알아듣게 도배 방향 설명+ 억지로 추가금 내게하려는 거 전혀 없고, 오히려 필요없는거는 말해주고 말리심

(계약 후)
전에 도배를 좀 안좋게 해서 중간중간 줄어 너무 잘보이고, 실리콘 자국이 보이고, 많이 울고 했는데
>>이걸 첨부한 사진처럼 정리하고 진행하고, 어디 모자란 부분없이 깔끔 하게 진행해주심.
도배를 잘 몰라도 이정도는 알겠다 싶을 정도로 티나게 잘됨;

본래 거실 주방만 하기로했는데 막상 새집같은 거실보니 마음이 변해 방까지 요청드렸는데도, 다시 재료 들고 오셔서 진행해주심
(저희처럼 번거롭게 하지마시고, 그냥 첨부터 방까지 하거나 아침에 빨리 말하길 추천, 괜찮다고 웃으면서 다 진행해주셨는데 진행시간이 급 늘어나 점심저녁도 못드신것같아 죄송)

총평: 정말 고수님께 진행하길 잘했다고 생각. 합리적 가격에 말도 안되는 퀄리티.최고.

고객이 작성해 주신 리뷰

4. 얻어먹은 것 없이 잘해 드리고 싶은 고객 그리고 리뷰

일을 오래 하다 보니 20대 중반부터 70대 어르신까지 남녀 구분 없이 다양한 연령
대와 성향을 지닌 고객을 만난다.

전화 상담하거나 직접 만나 보면 밝은 표정, 따뜻한 말 한마디 건네주는 고객의 첫
인상에 일이 술술 잘 풀리고 느낌이 좋을 때도 많고 반면에 냉수 한 잔 얻어먹은 것
없이 얄밉고 부담이 되는 고객도 만나게 된다.

후자일 때는 솔직히 말해 고객이 다른 도배사를 찾아가도록 견적 가격을 높게 제
시한 사례도 여러 번 있다. 가격이 높아도 리뷰가 좋고 신뢰가 간다며 나에게 의뢰하
고 싶다고 말하는 고객도 많았다.

속으로 웃으면서 의도하는 것은 이게 아닌데 한다.

아이러니하다.

전자인 경우 고객에게 추가 부담을 주지 않으려고 노력한다. 간혹 코너에 발생한
곰팡이 처리도 신경 써서 처리해 준다. 봉투도 내가 준비해 간다. 많게는 종량제봉투
75L 8개 분량의 많은 쓰레기가 배출되기도 한다. 고객에게 음료수나 커피 등 간식을
준비하지 않으셔도 된다고 말씀드린다.

서로가 서로의 필요와 이익을 위해 만나지만 사람이 사람을 만나는 데는 첫인상과
공감 형성, 신뢰가 중요함을 많이 느낀다.

미국 펜실베이니아대학교 심리학과 잉그리드 올슨 교수는 만나자마자 0.13초 만
에 상대방에 대한 호감, 비호감을 판단할 수 있다고 한다.

고객이 나에게 주는 목소리, 표정, 행동 등 호감 이미지에 나는 호불호를 판단하는
경우가 많다.

내 스스로에게 반문해 본다. '고객에게 나는 얼마만큼 깔끔하고 환한 얼굴 표정으

로 다가가는가? 듣기 좋은 목소리와 말투인가? 그리고 단정하고 깔끔한 옷차림인가?'에 대해 나에게 물어보면 답하기가 쉽지 않다.

나는 얼굴이 좀 아쉽게 생겼다. 이목구비가 자유분방하다고나 할까.

거의 매일 일하다 보니 옷차림도 재래시장에서 구할 수 있는 6천 원짜리 바지를 주로 입고 다닌다. 그래도 도배업계로 들어온 후 도배사로서 나름의 성공을 거두기까지는 따뜻한 표정과 밝은 말투가 아닌가 생각한다. 낳아 주신 부모님께 감사드린다.

첫 인상에 좋은 느낌을 받으면 일도 힘들지 않다. 얻어먹은 것 없이 잘해 드리고 싶은 마음이다. 오랫동안 도배 일을 하면서 만난 고객 중 알게 모르게 조금이라도 마음에 불편함을 드렸다면 마음으로 사과드리고 싶다. 그분들은 많은 도배사들 중 나를 찾고 나를 선택한 고마운 분들이다. 한 번의 인연으로 지인을 소개해 주거나 2~3년 지나 재도배를 의뢰해 오는 경우도 더러 있다.

마치고 집으로 돌아오는 길에 벌써 리뷰도 올라와 있는 경우도 많다.

그동안 내가 만난 착하고 선한 느낌의 인상을 받고 도배를 해 드린 후 고객이 작성해 주신 리뷰를 함께 공유하고자 한다.

정**

도배 시공 ☆ 5.0

정말 추천드립니다. 제가 인생살면서 이런식으로 리뷰작성하고 이런 사람이 아닌데 진짜 너무 감사하고 좋아서 리뷰남깁니다

처음 집상태가 말이 아니었습니다. 벽면에 곰팡이가 상당히 많았고 여러모로 작업하기 힘든 상황이었죠 . 6살 아기가 있어 곰팡이 포자때문에 걱정이 많았습니다.

사장님께서 모든 벽면의 곰팡이를 다 제거해주시고 위에 방수페인트를 발라주셨죠...

사실 기존 벽지 제거 안하고 도배시공하시는 분들도 많다고 해서 걱정을 했지만 걱정할 필요가 없었습니다.

시공결과 대만족 곰팡이 처리 대만족
정말 모든결과가 마음에 듭니다

정말 감사하고 잘살겠습니다

꼼꼼하고 세심하게 진행해주세요 | 완성도가 무척 높아요 | 친절하게 상담해주세요

2023. 10. 21

오**

☆ 5.0

일단 저는 예민한 편이고, 기준이 까다로운 편 입니다. 그래서 이곳 저곳 알아보다가 가격도 합리적이고 무엇보다 친절함에 이끌려서 바로 진행하게 되었어요~! 도배가 처음이라 ㅜㅜ 소폭..광폭부터 하나하나 다 여쭤봤는데도 잘 알려주시고 ㅠ. 작업 결과물도 만족스럽게 해주셔서 너무 좋아요 ㅠㅠ 꼼꼼하게 아직 작은 벽지 부분이 들어가는 포인트까지 알아서 체크해주시더라구요~ 무엇보다 인테리어는 나중에 결과물이 대화로 했을때랑 서로 차이가 있을수있어서 신뢰가 중요한데 언제든 문제가 생기면 연락달라고 해주시고, 저희집이 아주 노후되고 어려운 집 케이스였는데 깔끔하게 마무리 되어서 너~~ 무좋고, 사장니이 친절하셔서 두번 기분이 좋았습니다~!! 너무 감사드리고 저희 부모님 집도 도배 장판하면 사장님께 맡길예정입니다!!! 그리고 다른데랑 가격비교해도 사장님이 저렴하게 견적내주시고, 추가가 생겨도 추가금이 너무 합리적이예요... 그냥 믿고하세요 여러분들!!! 저 진짜 찐 고객입니다!! 😊 부천 높은 복층이라고 하면 사장님이 아실꺼예요~!! 감사합니다!!! 다음에 또 뵐께요^^ 소개도 많이 하겠습니다~!!!

2022. 01. 19 · 답변달기

고객이 작성해 주신 리뷰

5. 성희롱에 대비하여 경계심을 가져라

고정 멤버 중 2명의 여자 도배사가 있다.

그중 한 명은 직업전문학교에서 가르친 제자로 1년 반 정도 되는 보조다. 직업전문학교에서 주말반으로 약 두 달간 가르치면서 그때는 잘 몰랐는데 수료 후 고정으로 데리고 다니면서 일하는 것을 보면 그 도배사는 눈썰미가 있고 손재주가 있다. 한번 가르쳐 준 내용을 잘 적용하고 궁금한 부분은 사전에 꼭 질문을 하곤 한다. 배우려는 기본자세가 되어 있다.

그녀는 후배 도배사들에게 풀 기계 다루는 요령, 벽지 뽑는 요령, 풀 농도 구분하는 방법, 기계를 분해하여 청소하는 방법, 벽지 하단 내리는 요령, 칼질 요령 등 상세하게 잘 설명해 준다.

그녀에게 한 번 설명을 들은 생초보도, 처음 기계를 만져 보는 도배사들이라도 그다음 회차부터는 스스로 하는 것 같다. 그리고 후배 도배사에게 반복해서 붙여 봐야 실력이 늘고 감이 온다고 직접 붙이게도 한다. 그만큼 그녀는 가르치는 데도 소질이 있다.

그녀는 공인중개사 자격증도 취득하였다. 나이 들어 거친 현장에서 도배하면 힘들 수도 있으니까 도배 현장에서 기술을 익히고 도배기능사 자격증을 취득한 후 일정 기간 이상의 현장 경험을 쌓은 후 직업전문학교에서 학생들을 가르치기를 추천한다. 장기적으로는 공인중개사 자격증과 연계하여 사업할 수 있는 기회를 찾아볼 것을 더불어 권하기도 한다.

또 다른 여자 도배사는 30대 초반으로 학원을 수료하기 일주일 전에 왔다. 처음에는 냉장고 뒷면에 광폭 합지 붙이는 데 시간이 많이 걸렸다.

칼선도 지그재그로 맘대로고 하단 내리는 것을 보면 엉성하기 짝이 없었다. 거실

스탠드 에어컨 뒤 배관호수 아래 하단을 내릴 줄도 모르는 생초보 도배사였다.

물론 나도 그런 시절이 있었다.

그래도 배우려는 열정은 대단하다. 이제는 제법 붙이는 속도도 나며 칼 선도 이쁘게 나온다. 느려도 방 하나 벽을 도배할 정도이다. 하루하루 발전해 가는 모습이 눈에 보인다. 기특하다.

이들을 불러 차근차근 단계별로 일머리를 설명하곤 한다. 도배는 정형화된 방법이 없다. 나만의 도배 방법이 절대적이라고 강조하지도 않는다. 도배사들마다 스타일이 다를 수 있기 때문이다.

다만 어떤 현장이나 어떤 도배 상황에 직면하더라도 하기 쉽고 편하게 빨리할 수 있고 도배 상태가 잘나오면 된다고 가르친다. 배우려는 유연한 사고가 필요함을 덧붙인다. 이 방법도 있고 다른 방법도 있는데 나의 입장에서는 이 방법을 선호한다고 말한다.

도배 현장은 남자 도배사들이 약 80% 정도로 많다. 작업 현장 분위기가 거칠고 남자 도배사들의 입도 거칠어 함부로 가볍게 말을 하는 경우도 의외로 많다. 자기들은 본심은 아닌데 도배 현장에서 빨리하다 보면 급하게 말이 나온다고 말하는데 그건 좋은 언어 습관이 아니다. 상대방을 배려하는 자세와 바른 언어 습관은 그 사람의 인격을 반영한다.

위계질서도 강하여 한번 눈 밖에 나면 그다음부터는 부르지도 않는 게 현실이다.

남녀 둘만이 하루 종일 도배하는 경우도 허다하다.

두 명 데리고 다니는 여자 도배사들에게 남자들을 조심하라고 말한다.

도배하고 난 후 맥주 한잔하자고 하거나 지방으로 가서 같이 며칠간 일을 하자고 하는 경우도 있다고 한다. 말과 행동을 조심하고 일정 거리를 두고 상대하기를 바라며 더불어 자신의 허점을 노출하지 말기를 당부한다. 그런 남자들이 다가올 때는 단호하게 거절하고 다시는 상대하지 말기를 강조한다.

남자들도 여자 도배사로부터 언어폭력이나 불쾌한 성추행성 발언을 들은 적이 있다고 한다. 도배 현장에서 남자든 여자든, 기술이 많건 작든지 간에 말과 행동으로 서로를 존중하고 배려하면서 일하는 분위기를 조성해 가면 좋겠다. 도배 현장에서 뛰는 우리가 관심을 안 가지면 누가 관심을 가지겠는가?

고정 멤버는 MZ 세대다. 모바일, SNS 등 디지털 환경에 익숙하고, 최신 트렌드와 남과 다른 이색적인 경험을 추구하는 경향도 보인다.

한 명은 신념이 확고하고 또 다른 한 명은 착한 왈가닥이다.

성향이 서로 다름에도 불구하고 일에 대한 열정이나 성실성만큼은 공통점이 있다. 둘은 친밀감이나 관계 지수가 높다. 일을 마치고 사이좋게 돌아가는 이들의 뒷모습을 보면서 그들이 기술을 완전히 익히고 독립하여 나갈 날을 기대해 본다.

 TIP!

1. 로트번호(LOT NO)

1) 모든 건축자재(벽지, 타일, 장판, 마루, 페인트, 필름 등)에 로트번호가 표기되어 있다. 이는 생산날짜를 의미한다(생산 코드번호).

2) 로트번호가 같다는 말은 한 공장의 생산라인에서 같은 염료 배합으로 같은 날 생산된 제품이라는 뜻이다.

2. 이색(異色) 현상

동일한 패턴번호라도 로트번호 상이(염료 배합비율 차이 등)로 미세한 색상의 차이가 나타남을 의미한다.

6. 초보 도배사들이 저지르기 쉬운 실수 유형

직업전문학교(학원 포함)를 수료하거나 기본 교육을 받지 않고 곧바로 현장에 오는 초보 도보사들을 많이 본다. 말과 행동에서 초보 티가 확 난다.

경력이 오래된 기술자들은 그들의 도배 공구나 일하는 자세, 말하는 내용만 들어봐도 대충 어느 정도 경력이 되는지를 알고 상대하는 경우가 많다.

초보자들은 조급하고 당황해하는 경우가 많다.

무엇을 어떻게 해야 하는지를 잘 모른다.

주변을 기웃거리거나 눈치를 본다.

일을 시키면 서투르면서도 무엇인가를 보여 주려고 한다.

무엇인가 하나라도 해내면 자기도 모르게 큰 소리로 자랑스러워한다.

부주의로 실수를 잘 저지른다.

초보자들이 자주 저지르기 쉬운 실수에 대해 살펴보고 현장에서 이런 유의 실수를 저지르지 않고 서서히 적응하여 기술을 익히고 더 쌓아 나갈 수 있기를 바란다.

1) 손이나 손가락, 팔목 등에 칼 베임(반창고나 절연테이프로 지혈).
2) 몰딩 자나 칼, 정배 솔 등 공구를 자주 바닥에 떨어뜨림.
3) 우마에서 떨어짐(낙상사고).
4) 바닥에 떨어진 풀 묻은 벽지를 밟아 넘어지거나 미끄러짐(자투리 벽지를 손으로 둘둘 말아 바닥에 펼쳐져 있는 깔지 위에 던질 것).
5) 벽지를 거꾸로 붙임(미미선 확인 부주의).
6) 머리카락이나 신발, 옷 등에 실리콘이나 본드를 여기저기 묻힘.

7) 바탕면 밑 작업이 서투름.

8) 일이 없을 때 조급한 표정을 보이는 경우가 많음.

9) 천장 등 커버, 변기통 뚜껑 등을 잘 깨뜨림.

필자도 초보 시절이 있었다.

도배는 관심과 열정 그리고 반복 작업으로 시간이 지남에 따라 자연스럽게 습득할 수 있는 기능이다. 경험이 많지 않은 도배사들을 보면서 초심을 잊지 않으려고 노력한다.

현장의 구조나 면 상태, 벽지 종류에 따라 밑 작업, 초배, 정배가 다를 수 있어 궁금한 부분은 메모하거나 기억해 두었다가 시간이 날 때 선배 도배사에게 질문하여 궁금증을 해결하는 게 필요하다. 한 현장에서 하나만 배워도 7~8개월 지나면 요령을 어느 정도 터득하고 속도도 향상됨을 느끼게 될 것이다. 품질은 적어도 3년 이상의 경력이 쌓이면 고객이 만족할 만큼의 도배 실력을 보일 수 있다.

길게 보고 차근차근 과정을 밟아 가려는 마음가짐과 자세가 필요하다. 배우고자 하는 열정과 일에 대한 관심 그리고 겸손한 자세를 가지고 작업에 임하면 선배 도배사들은 초보 도배사들을 외면하지 않고 그들의 경험과 노하우를 전해 주는 데 인색하지 않음을 기억하고 힘내기 바란다.

주방 타일벽지 시공 후

7. 직업병과 상처에 시달리는 도배사들

어떤 직업군이든 일을 하는 사람은 안전하고 건강하게 일을 할 권리가 있고 존중받아야 한다. 현실적으로 실적, 승진, 대내외 기업환경의 변화와 치열한 경쟁 등으로 정신적으로나 육체적으로 정도의 차이는 있지만 스트레스 없는 일, 스트레스 없는 직장은 없는 것 같다.

도배 업종도 마찬가지다.

경력이나 책임 정도에 따라 맡은 일은 다를 수 있어도 현장에서 몸으로 일하는 강도 높은 육체적인 일임에는 분명하다. 반장(사장, 책임자)은 공사수주 확보, 고객과의 상담, 인원 확보, 자재 등 준비로 신경을 많이 쓴다. 대부분의 기술자들은 몸이 현장에 잘 적응된 상태라 우마(발판대)에 올라가면 일에 대한 열정이 대단하다. 마치 자신의 경력과 기술적인 가치를 드러내려는 듯 쉽고 간편하고 빠르게 일을 하는 모습을 보면 존경심을 갖게 된다.

직업전문학교나 학원을 갓 수료한 초보들, 보조들, 준 기술자들을 보면 아직 경력이 미흡하고 조급함에 마음 자세가 덜 갖추어져 있고 일양, 보수 등으로 내면에 갈등이 없지 않아 실수하는 경우도 있고 일머리가 없어 힘으로 일을 하다 보면 허리, 무릎, 팔, 목 등 아픈 데가 많다고 하소연하기도 한다.

자세가 불안정하거나 요령이 없어서 목 디스크, 허리 디스크, 손목터널증후군, 어깨 통증(회전근개 파열) 등을 호소하는 도배사들을 많이 본다.

병원에 가서 진료받아 보면 무리한 일을 하지 말고 당분간 쉬라고 하는데 한 가정의 가장의 무게, 경제적인 자립을 꿈꾸는 여성들의 고정 지출 부담 등으로 쉴 수 없는 현실이 안타깝다.

필자는 현장에서 만나는 도배사들에게 건강한 몸이 재산이니 다치지 않도록 안전에 항상 주의하라고 당부한다. 다치면 본인만 손해다. 반장도 인간적, 도의적으로 자유로울 수 없다.

  한번은 이런 경우가 있었다. 고정으로 데리고 다니는 여자 도배사, 그녀는 학원을 수료한 지 7일도 안 된, 말 그대로 생초보였다. 그녀는 도배 후 거실 바닥을 정리하던 중 종량제봉투 더미 앞으로 넘어지고 말았다. 악 하는 소리와 함께 입술에 피를 흘리고 있었다. 나는 여자 선배 도배사에게 내 카드를 주면서 빨리 병원에 가서 진료 받아 보라고 권했다. 의사 소견을 들은 후 곧바로 나에게 전화하라고 당부하였다.

  혹시 앞 이빨은 나가지 않았는지 등 전화 오기를 기다리는 동안 별의별 생각이 다 들었다. 핸드폰 벨이 울렸다. 정형외과 가서 X선 촬영하고 피부과 가서 진찰받았는데 단순 타박상이라고 말하였다.

  그제야 안도의 한숨을 내쉬었다. 이어서 두 사람이 배시시 웃으며 현관문을 열고 들어왔다. "반장님, 신경 쓰이게 해서 죄송합니다"라고 말했다. 그만함에 다행이고 미안한 생각이 들었다. "수고 많았다. 항상 안전에 조심하자. 오늘 일찍 들어가서 쉬어라."

  얼마 전 나는 부천 오피스텔 복층 거실의 천장 도배 중 4.2미터 높이에서 내려오다가 발을 잘못 디뎌 아래로 떨어져 창문 아래 턱진 모서리에 부딪혀 머리 정수리 부분을 크게 다쳤다. 부딪힌 순간 손을 머리에 얹었다. '아이고, 큰일 났구나' 하는 생각이 들 정도로 손에 착용하고 있던 목장갑에 피가 꽤 많이 흐르고 있었다. 인근 정형외과에 가서 CT 촬영할 시간도 없이 부분 마취하고 8바늘을 꿰맸다. 시간이 지남에 따라 상처는 아물었지만 그때 생각하면 지금도 마음이 아프다. 그리고 나는 오른쪽 어깨 팔에 군막통증증후군이 있다. 창문을 열거나 의자나 책상 밑에 손을 뻗어 물건을 집으려면 통증이 있어 부자연스럽다.

  이처럼 거친 현장에서 초보든, 보조든, 준기술자든, 기술자들이든지 간에 순간의 부주의로 크고 작은 상처와 사고를 경험하지 않은 도배사들은 없다. 팔이나 팔목에 칼자국이 그리고 발목에 상처 난 흔적들이 오늘이 있기까지 열심히 일한 경력을 말해 주는 것 같다.

필자도 아문 상처를 볼 때마다 그동안 열심히 일한 가치 있는 상흔(傷痕)으로 생각한다.

열심히 일을 하다 보니 본의 아니게 다친 크고 작은 상처들.

볼 때마다 마음이 아프지만 영광의 상처라고 위로한다.

분명 이런 상처가 미래를 더 밝게 해 줄 것이라고 믿는다.

동업자인 전국의 많은 도배사들이여!!!

항상 안전에 주의하고

항상 건강에 신경 쓰자.

복층 작업 중 낙마로 머리 8바늘 꿰맴

8. 이럴 때 도배를 그만두고 싶다

마음은 상황에 따라 강할 때도 있고 약할 때도 있다.

약할 때가 기회이고 성장할 때임을 알고는 있지만 다른 의도를 가지고 다가오는 블랙 컨슈머, 일명 답 없는 강성 클레임 진상 고객을 만날 때는 당황스럽다.

도배는 사람이 하는 일이라 도배 후 상태는 좋아도 한 철 기간이 지남에 따라 기후, 온도, 습도, 벽이나 천장면 뒤틀림이나 벌어짐 등에 따라 드물지만 하자가 발생할 수도 있다. 그럴 때는 상호 협의하여 처리하면 된다.

별것 아닌 것 가지고 트집을 잡아 공사 대금을 안 주거나 깎아 달라고 하거나 전문가인 도배사가 설명해도 듣기를 거부하며 자기 불만만 내세우는 강성 고객을 만나는 날에는 돈도 돈이지만 심리적으로 스트레스를 받는다.

자존심 상한다고 말을 안 해서 그렇지, 많은 도배사(사장, 일명 오야지, 반장, 책임자)들은 오랫동안 일을 해 오면서 진상 고객, 블랙 컨슈머, 악성 고객, 갑질 고객을 만난 경험이 많다고들 한다. 그 말이 그 말 같고 그 뜻이 그 뜻 같은 단어지만 마음에 불편한 고객을 필자도 예외 없이 만난 경우가 있다.

한번은 이런 경우가 있었다.

아파트 윗집에서 수도배관 공사 중 아랫집 천장에 누수가 발생하여 아랫집 젊은 남자 고객을 만나게 되었다. 젊은 남자는 윗집 주인이 일상생활배상책임 보험에 가입한 것을 알고 나에게 공사 대금을 청구하여 일정 금액을 자기에게 돌려 달라고 요청했다.

사실 난 그의 요구대로 해 주었다.

일을 마치고 다른 고객의 집으로 상담하러 여의도 지하차도를 지나가는데 그 젊은 남자로부터 전화가 왔다. 화장실 청소가 마음에 안 든다며 스팀청소 업체를 불러 청소를 의뢰하고 싶다고 돈을 요구했다.

갑자기 화가 머리끝까지 났다.

도배를 하게 되면 어느 정도 먼지도 나고 몰딩이나 창틀, 문틀 등 주변에 풀 때도 남아 있곤 한다. 화장실에서 풀 기계를 씻는 용도 등으로 세면대를 자주 이용한다.

가재도구들이 너저분하게 정리, 정돈이 안 되어 있는데 그 정도 이해를 못 하고 추가로 돈을 요구하는 젊은 고객을 보면서 참으로 안쓰럽고 사는 목적이 무엇인지 앞으로의 인생에 연민이 느껴졌다.

결국 청소 비용을 송금해 주었다.

한번은 벽 문틀에 풀 때가 묻었다고 금액을 깎아 달라고 했다.

물걸레로 닦으면 될걸…….

그들의 눈높이에 맞추지 못한 내 잘못도 크다면 크다.

말도 안 되는 주장을 하거나 요구하는 이런 고객을 안 만나기를 바랄 뿐이다. 설명해도 이해를 못 하고 막무가내식으로 자기주장만 하는 일명 답 없는 블랙컨슈머에게는 나의 감정을 누르고 자초지종을 설명하고 사과하고 공사대금을 감액해 주거나 A/S를 해 주고 마무리한다.

주변 친한 도배사들과 동병상련으로 하는 말이 있다.

이런 고객을 안 만나기를 바라고 시간이 지나면 잊히고 해결된다고.

주변의 시선들도 그렇다.

배운 사람이 거친 일을 한다고 하거나 힘든 일을 하지 않아도 다른 일들도 있을 텐데 힘들지 않느냐는 등 일말 나를 걱정해 주는 말인 듯 들리지만 그런 말은 격려보다 심리적으로 더 힘들게 하는 말이다. 상대방을 배려하지 않는 염려는 친절이 아님을 그들이 알면 좋겠다.

  그럼에도 불구하고 도배사가 만족할 만큼의 품질이 나오기를 바라고 또 도배 후 고객이 변화된 밝은 집 분위기에 만족하기를 바라면서 인생의 후반전에 도배 일을 천직으로 여기고 오늘도 열심히 도배를 한다.

종류별 초배지

9. 일이 없을 때의 심리적인 공허함

도배 일을 하면서 생긴 습관 중의 하나는 수시로 핸드폰을 보는 것이다. 심지어 밥 먹을 때도 오더가 들어왔는지, 도배 관련 또 다른 메시지가 들어왔는지 등등. 도배 일은 매일매일 있는 것이 아니다. 있을 때는 여러 건이 동시에 겹칠 때도 있고 며칠 없을 때도 있다.

나만 일이 없는가 싶어 가까이 지내는 친구 도배사에게 전화해 보면 이구동성으로 하는 말이 요즘 일이 뜸하거나 없다고들 말한다.

일이 없을 때는 공구도 정리하고 부족한 부자재 등을 확인하고 보충해도 될 터인데 왠지 모르게 심리적으로 불안하고 가족들 눈치 보일 때도 있다고 한다.

아는 지인도 도배를 하는데 그의 아내는 남편이 자기 가정과 부모님 가정을 경제적으로 책임지는 실질적인 두 가정의 가장으로서 일이 없을 때는 심리적으로 불안해한다고 귀띔했다.

보통 창업 후 초기에 이런 심리적인 불안 현상을 보이는 경우가 많다. 가정의 책임자로서 경제적인 부담을 안고 지내다 보니 그런 게 아닌가 생각이 든다.

고정멤버가 2명 있다 보니 월 20일 정도 꾸준히 일을 하여 그들에게 일정 수입을 확보해 주어야 한다는 부담감도 사실은 있다. 도배 평수가 적어 그들을 부르지 못하고 혼자 가서 작업할 때 미안한 마음도 있다.

도배는 정부의 부동산 정책, 세재 정책과 금리, 그리고 계절적 요인 등에 매우 민감하고 부정적일 때는 불경기로 일이 없을 때도 있다. 이럴 때 도배사들 간의 가격 경쟁은 치열하다. 특히 2022년 말 고금리 현상과 건축규제 등으로 부동산 거래가 한산한 틈을 타 두 달 정도 도배도 불황기를 겪어 많은 도배사들이 업계를 떠났다.

내리막이 있으면 오르막도 있는 법.

시간이 지남에 따라 도배 수요도 점차적으로 회복세를 보이는 것 같다.

불경기일수록 고객은 가격에 매우 민감하고 도배사들 간에 과열 경쟁으로 공사가격은 알게 모르게 내려간다. 인건비는 그대로이거나 올라가는데 결국은 제 살 깎기가 아닌가 생각한다. 부르는 게 값이고 현장 일당도 현장 책임자 마음대로다.

도배도 규제와 협력을 도모할 수 있는 전국 단위의 협회가 구성되어 표준화된 도배 가격을 형성하고 협회나 지역단위 차원에서 벽지 제조회사나 장식 회사 등과 공사가격, 근무 여건 개선 등을 협의할 수 있으면 좋겠다.

무엇보다도 도배사들이 힘들어하는 것 중의 하나가 악덕 인테리어 업체를 만나 도배 후 공사 대금을 못 받는 경우다.

필자도 모 인테리어 업체에 공사 두 건을 시공했는데 그 업체는 고객으로부터 공사대금을 이미 다 받았으나 필자에게 도배 공사대금 지급을 차일피일 미루더니 결국 1년 6개월이 지났다. 민사소송과 형사소송, 급기야 사기죄 고소 그리고 추심회사에 추심 의뢰하는 등 여러 조치를 취하여 심리적으로 압박을 가한 결과 결국 공사 대금을 받은 적이 있다. 이래저래 추가 비용이 발생하고 법원, 경찰서 왔다 갔다 하며 일은 일대로 못 하고 스트레스는 스트레스대로 많이 받은 경우가 있었다.

협회 차원에서 악덕 인테리어 업체 등 리스트를 공유하면서 열악한 환경 가운데 일하는 도배사들에게 조금이나마 도움이 될 수 있는 일을 찾아보면 어떨까?

현장에서 개인이 프리랜서로 일하거나 1인 사업자 등 영세한 도배 업체들이 많다 보니 구심점을 찾기가 쉽지 않은 것도 현실이다.

어려운 때일수록 유용한 정보를 공유하고
동업자 정신을 발휘하여 함께 나아가고
동반 성장하고
더불어 누릴 수 있는 도배 업계가 되면 좋겠다.

고가 높은 오피스텔 거실 벽면 도배 중

4장

결정을 존중한다

1. 도배기능사 시험 및 도배실무 주말반 강의

오랫동안 현장에서 보고 듣고 느끼고 경험한 내용을 바탕으로 서울 소재 ○○직업
전문학교에서 주말반 도배기능사 시험 및 도배실무 과정 훈련 교사로 강의를 하고
있다.

도배실무 강의 중

수강생들은 20대 중반부터 60대 후반에 이르기까지 성별, 연령 분포나 입학동기도 다양하다.

이런저런 사정으로 다니던 직장을 그만두었거나 현재 직장을 다니는 분들, 혹은 자영업을 하고 있으면서도 시간을 내어 도배를 제2의 직업으로 삼고 인생 2막으로 새로운 삶을 살아가려는 모습과 새로운 각오를 들으면서 나는 그동안 경험한 노하우를 바탕으로 잘 가르쳐야겠다는 생각을 많이 한다.

처음 입문하여 도배 도자도 모르던 수강생들은 배움과 실습을 거듭할 수록 조금씩 발전되어 가는 모습을 보면서 보람을 느끼곤 한다.

동기들과 협력하여 작업을 진행하는 모습, 커피 한잔 때로는 술 한잔하며 삶의 애환을 나누면서 새롭게 배워 현장에 나가서 좋은 파트너로 함께 일할 가까운 미래를 그리며 협력하는 모습 등을 보면 나는 학창 시절에 느끼지 못했던 학습태도와 배우려는 열정 등 새로운 모습을 이들을 통하여 발견한다.

수료 후 바라던 도배기능사 자격증을 취득하고 현장에서 좋은 선배들을 만나 도배 기술(일머리)을 제대로 배워 어엿한 도배사로서 자리매김할 수 있기를 간절히 바란다.

수료할 때 학생들에게 명함을 꼭 준다.

수료 후 현장에서 밑 작업, 초배 작업, 하자 처리 등 어떤 내용이든지 간에 궁금한 부분이 있으면 언제든지 전화 주면 아는 범위 내에서 설명해 주겠다고 말한다.

수강생들의 열정과 배우려는 자세 그리고 간절함을 보면서 선생으로서 학생들에게 수료 후에도 든든한 버팀목이자, 조력자가 되고 싶다. 이들을 가르치고 대할 때 선생으로서 보다 먼저 배우고 익힌 선배, 좀 더 오래 산 인생의 선배로서 상대하다 보니 수강생들도 진심으로 다가옴을 느낀다.

도배 현장은 온실이 아니고 세찬 바람이 부는 거친 광야다.

그래도 내가 가르친 학생들은 수료 후 현장에서 좋은 선배를 만나 기술을 잘 배워 앞날에 꽃길만 걷기를 간절히 바란다.

강의 쪽지 시험 중

2. 화천 군부대 여군 관사 도배, 장판 시공하던 날

오랫동안 도배를 하다 보니 다양한 사람들을 만난다.

인연이 되어 꾸준히 연락을 주고받거나 내가 못하는 분야의 일을 소개해 주는 등 동업자적인 인간관계를 형성하게 된다. 지금 당장은 아니더라도 먼 미래를 보고 스쳐 지나가더라도 느낌이 좋고 따뜻한 마음을 지닌 사람, 손 기술이 좋은 사람이라면 명함을 주고받고 관계를 잘 맺어 놓으면 일로 연결되는 경우가 많다.

도배도 예외는 아니다.

건물 평수나 도배 면적에 따라 혼자 작업하기도 하지만 여러 도배사들과 협력하여 일을 하는 경우가 대부분이다. 촉박하게 일이 잡혀 도배사를 구하지 못하는 경우 서로 믿을 만한 도배사를 추천하거나 소개를 해 주는 경우가 다반사다.

이전에 만났던 인테리어 업체 대표로부터 온 군부대 공사 의뢰가 대표적인 케이스다. 가끔 포천, 원주, 화천 등 군부대 관사에 도배를 하러 간다. 길게는 2주, 짧게는 2일 정도 기간이 소요된다.

한번은 화천 군부대 여군 관사에 도배, 장판 시공 의뢰가 들어왔다.

집에서 144km.

멀다.

갈까? 말까?

할까? 말까? 생각이 복잡하다.

그 먼 데 말고도 집 가까이 일도 많은데…….

생각 끝에 그래, 가자.

눈발이 흩날리는 11월 말 새벽 5시 동이 트기 전에 집을 나섰다.

가는 중간에 군소도시 지방도 옆길에 손님이 북적거리는 식당에 들어가 곰탕 한 그릇으로 아침 허기진 배를 채우고 또 열심히 달려 화천에 도착하였다.

군사 지역이라 민간인은 별로 없고 군용 차량들만 길거리에 버글버글 지나다닌다.

위병소에 신분증을 제시하고 출입증을 받아 군부대로 들어갔다.

엘리베이터 없는 5층 한 관사에서 도배하고 있는데 군복 입은 앳된 얼굴의 20대 초반 되어 보이는 한 여군이 와서 며칠 전 전입하고 아직 짐도 못 풀고 지내고 있다며 자기 집도 빨리 해 주면 안 되겠느냐고 부탁조로 말했다.

작업 중 주로 민간인들만 보다가 군복 입은 딸 같은 여군을 보니 색다르고 멋있어 보이고 기특해 보였다.

웃으면서 순서대로 빨리 해 드리겠다고 말했다.

오후에 또 위관급 여군 대위가 와서는 같은 상황을 말했다. 도배 전이라 짐을 베란다에 두고 대충 지내고 있다며 1층 자기 집도 빨리 좀 해 주면 안 되겠느냐고 부탁했다. 캔 커피 1개 내밀면서.

웃는 얼굴에 성격이 서글서글해 보여 며느리 삼고 싶다는 생각이 들어 은근슬쩍 결혼했느냐고 물어보니까 말없이 배시시 웃는다.

아직 결혼 안 하고 남자 친구가 있다는 뜻이겠지.

어느덧 점심시간이 되어 점심 먹으러 군부대 밖으로 10분 정도 차를 몰고 나왔다.

마땅히 먹을 만한 식당이 안 보였다.

군용품을 파는 상점들, 미용실, 대중목욕탕만 눈에 들어왔다

영화관, 백화점, 쇼핑센터를 바라는 것은 사치스러운 생각이다.

점심을 대충 먹고 다시 위병소를 통과하여 현장으로 들어갔다.

5층에서 바라보는 바깥 풍경은 산으로 둘러싸여 적막하고 조용했다.

오후 5시에 하루를 마감하고 인근에서 삼겹살로 저녁을 먹고 모텔로 들어왔다.

누워 있으려니 이런저런 생각이 들었다.

외진 지역에서 군 생활을 하고 있는 젊은 군인들을 보면서 20대 그 나이에 누려야 할 다양한 문화, 취미, 여가활동을 뒤로하고 국가를 위한 희생과 봉사로 군 복무에 충실한 군인들을 보면서 감사하다는 생각이 들었다.

자의든 타의든 군대에 간 그들에게 사회적인 인식이나 대우, 복무 여건이 좀 더 개선되고 제대 후 취업이나 신분 보장 등도 지금보다 나아지면 좋겠다.

현역이든 제대 군인이든 그들은 대우받을 자격이 충분히 있다.

감사하다.

오늘도 알차고 충실한 하루였다.

화천 군부대 여군 관사 도배, 장판 시공 사례

3. 초보 도배사를 만난 어느 날

작업 현장에서 동료 도배사, 고객, 현장 이웃, 경비원, 청소하시는 아주머니, 택배 기사 등 여러 사람들을 만난다.

이런저런 사정으로 다니던 직장을 그만두거나 직장을 다니면서 시간을 내어 도배를 배워 제2의 직업으로 삼고 인생의 후반전을 준비하려는 도배사들을 많이 본다.

요즘 도배와 인테리어에 관심이 많은 MZ 세대의 젊은 도배사들이 많다. 그들의 열정과 기대감과는 달리 구축(지물) 현장에서는 학원 수료생들이나 갓 시작하는 도배사들을 그렇게 환영하는 편은 아니다.

하루, 이틀 제한된 시간 내에 작업을 마무리하고 다음 날을 준비해야 하기 때문에 시간을 내어 초보 도배사들에게 기술을 가르쳐 준다는 게 마음만큼 쉽지 않다.

그들을 언제 또 볼지 모르고, 기술을 조금 배웠다고 하면 태도가 달라지거나 일당을 올려 달라거나 자만심이나 거들먹거리는 경우를 가끔 보고 듣기 때문에 오랫동안 익히고 경험하고 배운 그들만의 소중한 도배 노하우를 잘 가르쳐 주지 않는 편이다.

이는 도배뿐만 아니라 타일, 목공, 필름, 미용 등 기술, 기능직에 종사하는 많은 사람들과 이야기를 나누다 보면 비슷하다.

직업전문학교에서 주말반 학생들을 가르칠 때 그들을 볼 때마다 수료 후 내가 다 데리고 다닐 수 없음에 안타깝고 미안한 마음을 가지고 있다.

그래서 수업 시간에 도배기능사 시험뿐만 아니라 수료 후 현장에서 잘 적응할 수 있도록 여러 가지 현장 실무나 노하우를 최대한 많이 전하려고 노력한다. 현장에서 애매한 상황에 직면하게 되면 사진 찍어 보내 주면 아는 범위 내에서 설명하거나 해결 방법을 제시할 테니 자신감을 가지고 적극적으로 부딪히라고 말한다.

1년 미만의 초보자나 갓 학원 수료한 생초보분들에게.

첫째, 시간 약속을 잘 지켜라. 불가피하게 약속을 못 지킬 경우 최소한 하루 전날이나 이틀 전에 문자를 보내기보다 전화를 하여 양해를 구하고 잘 설명하라. 교통정체 등으로 늦으면 꼭 전화를 드려라.

둘째, 내가 제일 아래라고 생각하고 먼저 다가가서 인사하라.

셋째, 배우고 익히려는 열정과 적극적인 자세를 가져라.

넷째, 청소, 짐 운반 등 부지런하고 성실함으로 일해라.

조언해 줄 수 있는 누군가 뒤에 있다면 큰 힘이 될 것 같아서다.

1~2년 된 도배사들에게 시간 날 때 커피 한잔하며 "힘들지 않느냐?", "어려운 점은 없느냐?", "앞으로의 계획은 어떻게 되느냐?" 물어보곤 한다.

지금 힘들고 어려워도 일머리를 잘 배우고 고객이 만족할 만한 품질 수준을 설정하고 그 후 독립하여 개인 사업을 할 목표로 일하기를 바란다고 조언을 해 주면 그들은 마음으로 정말 고마워한다.

지금의 힘든 과정 너머에 기술자로 인정받는 날이 곧 올 것으로 믿고 참고 견디며 잘 배우라고 거듭 위로를 전한다.

기회가 되면 고객과의 상담 요령, Order 받는 방법, 견적 내는 방법, 하자 유형과 하자 처리 방법, 홍보 방법에 대해 상세하게 설명해 주겠다고 이야기를 하면 그들은 고맙다고 그동안 힘들었던 부분, 앞이 보이지 않을 것 같은 상황 속에서 일말의 희망을 보고 진심으로 고마워하는 것을 느낀다.

그동안 누군가로부터 가슴 따뜻한 위로와 격려의 말을 진심으로 들어 보지 못하였기 때문일 수도 있겠다는 생각이 든다.

죽으라는 법은 없다.

절박한 상황 속에서도 궁하면 통한다고 준비하는 자에게는 기회가 어느 순간 선뜻

다가옴을 오늘도 현장에서 만나는 초보 도배사들에게도 동일한 경험을 할 수 있기를 바란다.

　더불어 초보 시절 돈벌이도 시원찮고 무엇보다도 남 눈치 보며 힘든 시기나 과정은 기술자로 나아가기 위한 일련의 과정일 뿐이다. 오늘 지나면 이 또한 과거일 뿐임을 명심하고 오늘 일어난 아쉬움이나 미련은 잊어버리고 긍정적인 면을 잘 기억하고 내일을 향하여 더 전진하고 앞으로 성큼 더 나아가기를 바란다.

방과 거실을 통으로 연결한 장판 시공 사례

4. 고정 팀원들에게 늘 감사하고 미안하다

도배 평수에 따라 혼자 작업할 수도 있지만 도배 면적(도배 평수 따라 실크 15평, 합지 30평당 기술자 1명)이 넓으면 여러 도배사들과 협력하여 작업을 진행하게 된다.

나는 2명의 고정 팀원과 작업을 한다. 반고정으로 자주 부르는 준기공과 기공도 있다.

작업을 마치고 그들이 시공한 도배 상태를 보고 잘된 부분, 품질 상태가 아쉬운 부분, 하자 날 염려가 있는 부분에 대해서는 개별적으로 불러 지적하고 설명해 준다.

그들이 빨리 배우고 익혀 자기 몫을 충분히 감당할 때 품질 상태도 좋고 빨리 마칠 수 있고 나도 더불어 편하게 작업을 할 수 있기 때문이다.

그들에게 가르치는 데 성실하다.

지금은 그들이 나에게 보조나 초보, 준기공으로 일머리를 배우면서 같이 일을 하고 있지만 여기서 더 잘 배우고 더 잘 익혀서 다른 현장, 다른 도배사들과 일을 할 때는 만족할 만큼의 일당을 받고 제대로 기술을 인정받으면서 일을 할 수 있기를 바라는 마음에서다.

중요한 것은 내가 언제까지 그들을 데리고 다닐 수 없다는 것이다.

일정 기간 데리고 다닌 후 일머리, 품질 상태, 속도 등을 감안하여 사업자등록증 신청하고 풀 기계(호부기, 벽지 뽑는 기계)를 구입하여 개인사업자로 독립할 것을 유도할 예정이다.

데리고 다니다가 독립시킨 후배들이 지금도 가끔 견적 가격과 벽지 소요량 등에 대해서나 하자 처리 요령에 대해서 문의해 오고 있다.

그들에게 노하우를 주는 데 익숙하다.

왜냐하면 그들은 언제나 나의 일에 최선을 다해 주고 늦은 시간까지도 자기 일처럼 책임감을 가지고 작업을 해 주었기에 감사하고도 미안한 마음이 있기 때문이다.

'이기적인 유전자'의 저자 리처드 도킨스는 "남을 먼저 배려하고 보호하면 그 남이 결국 내가 될 수 있다. 서로를 지켜 주고 함께 협력하는 것은 내 몸속의 유전자를 지키는 가장 좋은 방법이다"라고 했다.

공감한다.

머리로는 이해가 되는데 마음과 행동으로는 더딤을 고백한다.

현장에서 익숙한 동료들이나 오늘 처음 만나는 도배사들일지라도 함께 일을 하면서 서로 배려하고 이해하고 동반 성장해 가는 동업자 정신을 가지면 좋겠다.

러시아의 작가 겸 사상가인 대문호 톨스토이(Lev Nikolayevich Tolstoy)는 세 가지 질문을 가슴속에 품고 살았다고 한다.

첫째, 그대에게 가장 소중한 사람은 누구인가?

둘째, 그대에게 가장 중요한 일은 무엇인가?

셋째, 그대에게 가장 값진 시간은 언제인가?

가장 소중한 사람은 바로 지금 그대와 함께 있는 사람이다.

가장 중요한 일은 지금 그대가 하고 있는 일이다.

지금 당신 곁에 있는 사람을 위해 선행을 베푸는 일이다.

가장 값진 시간은 바로 지금 이 순간이다.

여러 번 읽으면서 삶의 의미를 되새겨 본다.

도배 평수에 따라 합리적인 가격을 제시하여 확정되면 보통 3명이 가서 작업을 한다. 그들은 자기의 경력과 연수에 따라 맡은 일이 다르다. 오후시간에 이르러 어느 정도 속도도 나면 좋으련만 아직은 이른지 더딘 감이 없지 않아 있다. 그래도 그들은 성실하게 열심히 일을 한다. 드물지만 오후 6시 넘어 마치는 경우 꼭 인근 식당에 가서 저녁을 먹고 보낸다. 뒤돌아 가는 그들의 모습을 보면서 나와 함께해 주어 참 고맙고도 미안한 마음이 있다.

가을에서 겨울로 변화하는 계절의 문턱에서 주변을 돌아보고 마음의 여유를 가지자. 열심히 사는 자신을 칭찬하고 더 사랑해 주자.
그리고 그 속에서 삶의 의미를 찾고 즐거움과 재미를 누려 보자.

이런 마음을 가슴에 품을 때,
가치 있고 의미 있는 삶이 되고,
함께 일하는 동료들을 바라보는 나의 시선은 긍정적이고,
작업을 마치고 돌아오는 길, 몸은 지치고 피곤하여도 마음만큼은 부자고 기분은 좋지 않을까 생각해 본다.

2단 높이의 아시바 타고 작업 중 잠시 휴식

5. 도배의 그다음을 생각하라

보통 도배사들은 도배 한 분야에 집중하는 경우가 대부분이다. 그런데 도배 시공을 의뢰받고 전화 상담하거나 현장에 가 보면 도배 외에 장판, 데코타일, 페인트, 필름, 타일, 싱크대와 상부장, 줄눈, 석고보드 교체, 천장 전등이나 콘센트 및 스위치 교체 등 여러 분야의 시공을 추가로 문의해 오는 고객들이 많다.

돈이 눈에 보이는데도 내가 못하는 분야는 꼼꼼하게 일을 잘하는 지인을 소개해 준다.

내가 할 수 있으면 좋으련만…….

아는 지인에게 일감을 소개해 주면 그분도 고마워 나에게 도배나 장판, 페인트 등을 소개해 준다. 상부상조다. 서로에게 소개해 준 후 일의 성사나 진행 여부, 소개비 등에 대해 일절 언급하지 않는 게 지속적인 관계 유지를 위해서 좋을 것 같다.

도배를 배우기도 바쁜데 언제 그런 것을 배우느냐고?

아니다.

관심과 배우려는 자세가 중요하다.

도배하는 것도 이왕 돈을 버는 것이라면 좀 더 벌 수 있다면 인근 다른 분야에도 관심을 가지고 배워 두기를 바란다.

고객은 이 분야, 저 분야 기술자를 따로 부르면 저렴할 것 같지만 인건비, 출장비 등으로 비용이 추가되어 일괄적으로 할 수 있는 도배사를 선호하는 경향이 있다.

도배 외에 장판, 데코타일, 필름, 페인트, 간단한 목공이나 전기 작업, 줄눈, 수도배관 교체 작업, 철거, 청소 등을 배워 놓으면 시공비를 더 받을 수 있고 고객의 필요를 더 충족시켜 줄 수 있다.

며칠 전 중·고등학생 대상 종합학원에 상담하러 갔다. 기획실 담당자가 친절하게 안내해 주어 감사하다며 그는 나에게 몇몇 도배 업체의 견적서를 보여 주면서 나에게 적정가격을 제시해 주면 결재권자에게 잘 말씀드려 진행할 수 있도록 요청하겠다고 말했다. 며칠 뒤 타일 작업하는 업체에서 도배도 한다며 그 업체에서 진행하기로 결정 났다고 연락이 왔다. 원장님이 나의 명함을 잘 간직하고 있으니 내년에 도배할 기회가 있을 때 꼭 연락드리겠다며 미안하다고 덧붙였다. 아쉽다. 내가 못하는 분야, 그래서 내 것이 아닌 분야는 미련을 버리는 게 정신건강에 좋다고 위로를 한다.

후배 도배사들에게 어느 정도 도배 기술을 익히게 되면 이웃사촌들인 연관 작업들을 학원이나 주변에 있는 전문가들로부터 배워 두기를 꼭 추천한다. 수요가 많다. 명함이나 프로필에 이것저것 할 수 있음을 명시해 놓으면 고객들이 문의해 올 것이다.

그래서,

일단 관심을 가져라.

할 수 있을까?

이런 것들도 해 보니까 별것 아니더라.

일머리만 익히면 할 수 있는 기능이다.

언제요?

하루라도 늦기 전에 빨리 배워 둬라.

왜요?

더 돈을 벌 기회가 있기 때문이다.

도배, 장판 시공 사례

필름, 페인트 시공 사례

6. 코드가 맞는 후배 도배사

도배 일을 오래 하다 보니 남녀노소, 연령, 지역을 불문하고 많은 동료 도배사를 만난다.

세상사 좋은 사람만 있겠는가?

많은 도움과 선한 영향력을 준 도배사들도 있고 기억은 잘 나지 않지만 떠올리고 싶지 않은 도배사도 있었으리라 생각한다.

3년 전 우연한 기회에 밴드를 통하여 30대 초반의 남자 보조 도배사를 만났다.

몇 번 불러서 같이 일하다 보니 나도 모르게 일이 잡히면 먼저 그 후배 도배사에게 전화하여 일정이 잡혀 있지 않으면 같이 일하자는 제안을 하게 되었다.

후배 도배사도 이미 다른 현장에 예약되어 있음에도 불구하고 어머니께서 아파 병원에 모시고 가야 한다는 핑계를 대고 나에게 오는 경우도 있었다고 웃으면서 이야기할 정도로 편하고 즐겁게 일하였다.

같이 일하는 횟수가 더해 갈수록 서로 협력하는 좋은 파트너로 발전하기 시작하였다.

상호 보완적인 관계였을까?

후배 도배사는 나에게 일하러 오면 일양이 많든, 늦게 마치든 작업하기 힘들어도 불평 한 번 한 적이 없었다.

만약 서로가 불편하였다면 후배 도배사를 부르지 않으면 되고 후배 도배사도 이런 저런 핑계로 나에게 오지 않으면 그뿐이다.

일을 마치고 가끔은 저녁을 먹으면서 도배 관련 이런저런 이야기, 더 나아가 개인 사적인 이야기를 나누었다.

같이 일한 지 2년쯤 된 늦가을, 후배 도배사에게 너의 경험과 기술력으로 볼 때 지금도 늦은 감이 없지 않지만 독립하여 개인사업자로 본격적으로 시작하라고 여러 차

레 권한 적 있다. 그럴 때마다 후배 도배사는 신중한 모드로 "아직은 때가 아니다"라고 답했다.

6개월이 지난 뒤 재차 개인사업자로 독립할 것을 권하였다. 그사이 후배 도배사도 생각을 많이 하고 준비를 한 것 같았다. 시간 날 때마다 후배 도배사에게 견적 내는 방법, 상담 요령, 오더 받는 방법 등과 나의 경험담을 말해 주곤 하였다.

어느 날 후배 도배사는 나에게 명함을 건네주었다.

"반장님! 저 개인사업자로 독립하고 본격적으로 도배 일을 시작하려고 합니다."

"축하한다."

너 정도의 성실성과 기술력이면 충분히 잘할 수 있을 거라고 덕담을 건넸다. 간간이 들려오는 소문에 의하면 어느새 고정 멤버 3명을 데리고 다니면서 마치 워커홀릭(Workaholic)처럼 거리 불문하고 열심히 일하고 있다고 한다.

후배 도배사는 가끔 견적 내는 방법, 소요 자재량, 하자 처리 요령 등을 문의해 오기도 한다. 이미 알고 있으면서 다시 한번 나에게 확인하려는 생각인 것을 안다.

서로 작업량이 많으면 같이 일한다. 위험하거나 힘든 작업은 후배 도배사가 늘 자청하여 일한다.

며칠 전 고(高) 5.2미터 정도 되는 복층에서 일할 때 후배 도배사가 자진하여 작업 발판(일명 아시바)을 탔다.

밑에서 바라보는 나는 미안하면서도 고마운 생각이 들었다.

후배 도배사는 "반장님 이야기대로 일찍 개인사업자로 독립했으면 더 좋았을 텐데"라고 행복한 말을 할 정도로 그는 일양이 많다.

일양이 많다는 것은 그만큼 수입이 높다는 뜻이다.

내가 듣기로는 순수입이 월 9백만 원에서 천만 원 정도 버는 것 같다.

유일하게 날일(일당 일) 가는 곳이 후배 도배사 일이다.

사실 후배 도배사 일을 가면 일양도 많고 난이도가 높고 늦게 마치는 날이 허다하다.

속으로 괜히 왔다고 생각하다가도 이전에 후배 도배사가 나에게 불평 한 번 없이 일한 것을 생각하면 할수록 고맙고 미안하여 나도 일절 불편한 말을 하지 않는다.

우리는 서로가 서로를 잘 알다 보니 마음으로 고마움과 미안함을 가슴에 담고 있다. 그러다 보니 같이 일할 때 늦게 마치더라도 자기 일처럼 애착을 가지고 일을 한다. 일당을 서로가 조금 더 챙겨 준다. 명절 때 우리는 서로 마음을 담아 선물을 주고받는다. 우연히 같이 쉬는 날이면 점심을 먹으며 이런저런 이야기를 하곤 한다. 또 서로 힘든 일이 있을 때 전화로 스트레스를 풀곤 한다. 서로에게 위로와 격려를 나누는 좋은 동료 도배사다. 어쩌면 지금은 나보다 후배 도배사가 기술이 뛰어나 보일지 모른다.

내가 보기에 후배 도배사는 인덕이 많다. 고정 멤버들은 배우려는 자세가 되어 있고 겸손한 태도를 지니고 있다. 그들은 일도 정말 열심히 한다. 내가 가장 부러워하는 부분 중의 하나다.

후배 도배사!!!
더도 말고 덜도 말고
지금처럼 좋은 관계를 유지하며 나아가자.
후배 도배사!!!
항상 건강하고
항상 안전에 유의해라.
그리고
야, 인마!!!!
인구 절벽이라고 전국이 난리인데 너 결혼 빨리 안 할 거냐?
내 연금 너 책임져라.

뮤럴벽지 도배 중

7. 열심히 일한 당신, 떠나라

나이를 불문하고 현장에서 일하는 여러 직군들의 사람을 보면 옷차림이나 얼굴 표정에서 삶에 찌들어 있는 모습을 자주 본다.

일상생활에 경제적으로 고난 지수가 높아 사는 게 팍팍한가?

이 일, 저 일 해 보다가 시원찮거나 안 되니까 먹고살기 위해 공사 현장에 오는 건가?

이런저런 생각이 든다. 그들은 나에게 관심이 없는데 나는 그들에게 관심이 있는 체 괜히 걱정하는 게 아닌가?

그중에는 현장 근로자로 맡은 일에 열심히 일하며 만족하는 분들도 있고 책임자로 자기 일에 최선을 다하며 성취와 보람을 느끼는 분들도 많다는 것을 알고 있다.

도배 업계도 대동소이하다.

현장 일은 몸으로 하는 일이다. 그래서 몸이 재산이라고 한다. 한 달에 23일 정도 일을 하다 보니 챙길 것도 많고 분주하다. 상담하고 벽지, 부자재 등을 확인하고 인원 체크하다 보면 바쁘고 정신적으로도 피곤하다. 그러다 보니 여기저기 몸도 쑤시고 아프다. 원치 않게 하자가 나면 마음도 아프다. 집중력이 저하되다 보면 우마에서 떨어지거나 넘어지는 경우도 있다.

후배 도배사들에게 젊을 때 경제활동을 잘하여 인생의 후반전에 즐기면서 일을 할 수 있는 경제적인 여건을 잘 만들어 놓으라고 말한다.

열심히 일하면 인생이 다르고 가치 있는 삶이 가능하다.

이런 생각과 꿈은 긍정적인 미래를 약속하는 불변의 법칙이다.

그러면 하루하루의 도배 일이 즐겁다고…….

60세 넘어 도배를 가정 경제의 주 수입원으로 하여 먹고살기 위해 몸으로 일을 하면 몸도 마음도 무겁고 힘들고 괴롭다.

그래도 현장 기술직은 노력한 만큼의 대가가 성실하다.

아침 일찍 나가 일하고 저녁에 들어오면 별로 돈 쓸 일이 없다.

돈 쓸 일이 없으니까 돈이 모이게 된다. 힘든 일을 하는 만큼 그리고 노력한 만큼 대가가 성실하기에 가끔은 쉬어 가면서 일한다.

여행을 뜻하는 'travel'의 어원은 'travail(고통, 고난)'이다.

살다 보면 맑은 날도 있고 흐린 날도 있다. 잘 정돈된 고속도로도 있고 울퉁불퉁한 비포장도로도 있다. 이게 사람 사는 과정이라고 생각한다. 홀홀 털어 버리고 자신을 아끼고 사랑하는 마음으로 설렘과 기대감을 갖고 일상에서 벗어나 보자.

친한 부부와 강원도 여행 중 산골 카페에서 한 컷

아내와 주말에 산이나 바다로 자주 여행을 가는 편이다.

익숙하지 않은 곳으로의 여행은 몸과 마음에 힐링이 된다.

바쁘고 복잡하고 힘든 일상에서 벗어나 오롯이 나에게 집중할 수 있는 소중한 시간이다.

얼마 전 아내와 아내의 친한 친구 부부와 함께 2박 3일 강원도 일대를 여행하였다.

인제 자작나무 숲길을 3시간 30분 정도 걸은 후 내려오는 길에 한적한 산골마을 카페에 들렀다. 50대 후반의 주인장은 현직 사진작가이시다.

오래된 골동품을 수집하는 게 취미다. 카페는 부업이다. 카페에는 크고 작은 그림이 벽면을 가득 채웠다. 오래된 골동품이 여기저기 산만하게 진열되어 있다. 피곤하던 차에 따뜻한 커피 한잔으로 우리는 주인분과 이런저런 이야기를 나누며 즐거운 시간을 보냈다. 오래간만에 느껴 보는 여유다.

이처럼 여행은 익숙하지 않는 곳에서 그리고 나를 알아보지 않는 곳에서 나를 생각하며 나의 진짜 모습을 발견하는 재미가 크다.

이런 재미는 몸과 마음에 힐링이 된다. 일을 하는 데 큰 힘이 된다.

누가 그랬다.

열심히 일한 당신 떠나라.

여행도 좋고 운동도 좋고 등산도 좋다.

언제?

지금이다. 나이 먹어 다리 떨릴 때가 아니라 가슴이 설레고 마음이 떨릴 지금.

내 인생에서 가장 아름다운 날은 바로 지금이고 오늘이지 않나?

왜? 힘든 일을 잠시라도 잊고 내 몸과 내 마음을 사랑할 수 있는 시간과 여유를 갖기 위해서다.

인도의 시인이자 작가 겸 교육자인 시성(詩聖) 타고르(Rabindranath Tagore)는 **"감사의 분량이 행복의 분량"**이라고 했다.

열심히 일하고 있는 동료 도배사들!!!

마음이 평화롭고 감사할 일이 많은 하루하루가 되면 좋겠다.

앞으로가 더 기대된다

8. 도배기능사 자격증 취득에 관심이 있다면

필기시험 없이 실기만으로 채점하는 시험이라 별것 아닌 시험 같아 보여도 합격하기가 어렵다. 독학으로 공부하여 합격하기란 하늘의 별 따기다. 현장에서 오랜 경험이 있는 도배사라 할지라도 자격증 시험에서 요구하는 각 공정에 맞는 초배지 재단과 붙임 작업은 약간 생소할 수 있다. 어려운 만큼 합격하면 보람도 크다.

자격증을 취득하여 도배 일을 계속할 수 있는 동기부여가 되기에 충분하다. 관심 있는 분이라면 도전해 보기를 바란다.

1) 도배기능사

도배기능사(Craftsman Wall Papering)는 건축물의 내부 마무리의 공정 중의 하나로 공구를 사용하여 건축구조물의 천장, 내부 벽, 바닥, 창호의 치수에 맞게 도배지 및 창호지를 재단하여 부착하는 도배공이 하는 일을 할 수 있는 전문적인 기술자를 양성하기 위한 자격이다.

2) 검정 방법

- 남녀, 학력, 연령 등 응시 자격이 없다.
- 필기시험 없이 실기시험 단일이다.
- 소요 시간은 3시간 20분이다.
- 합격 기준은 60점 이상이고 응시 수수료는 70,400원이다.

3) 시험 합격률

- 연간 3회 또는 4회 시험이 있다.
- 최근 3년 평균 합격률은 38% 정도로 비교적 낮은 편이다

종목	연도	원서접수	응시	합격	합격률
도배기능사	2020년	3,111명	2,822명	1,029명	36.5%
	2021년	4,602명	4,182명	1,624명	38.7%
	2022년	5,230명	4,688명	1,730명	37%

* 출처: 한국산업인력공단

4) 합격 요령

제한된 시간 내에 요구하는 조건이 많고 기술을 활용하여 보는 실기시험이라 현장 경험이 많은 도배사라 할지라도 불합격하기도 한다.

자격증 취득을 원하시는 분은 인근 관련 직업전문학교나 학원에서 실시하는 단기 속성반 또는 주말반에 등록(배움 카드 지원 여부 확인)하여 배우기를 추천한다. 용어에 대한 기본 개념이나 공정별 작업순서를 숙지하고 동선이 겹치지 않는 범위 내에서 요령껏 공간을 활용하여 재단 및 풀칠을 하고 적당한 공간에 두고 시공하는 법을 배우게 된다.

황 초배지는 현재 도배 현장에서 사용하지 않는 부자재지만 시험 준비를 위해 섬세하게 작업하는 방법을 익혀 놓으면 현장에서 작업하는 데 큰 도움이 된다.

시험 전 1~2회 연습을 통하여 실전 감각을 익히고 이미지 트레이닝을 한 후 시험에 응시하면 도움이 된다. 가능하면 시험을 응시하는 해당 장소에 연습 가능한지를 문의한 후 그곳에서 연습할 것을 추천한다.

합격하는 그날까지 Go, Go!!!!!

도배의 달인이 되는 그날까지 Go, Go!!!!!

📢 **TIP!** 도배기능사 자격증 취득 시 혜택

1) 관급공사 등 공사 수주를 받기 위한 필요서류로 이용
2) 산업재해보험(산재보험) 혜택 가능
3) 온라인 플랫폼(숨은 고수 등)에서 자영업자로서 가입 시 프로필 또는 자기소개서에 자격증 첨부, 명함에 표시할 시 고객 신뢰 제고
4) 직업전문학교 또는 관련 학원에서 강사 자격요건으로 직업 심사능력평가원에 제출 시 필요서류
5) 건설 현장 관리인 활동 등

2부

어느 도배사의
현장 이야기

도배는 거주 및 생활공간에 행복과 가치와 활력을 높이는 데 큰 역할을 하고 있다.

중세시대에는 건축물 내부의 벽에 고가의 화려한 색감의 그림을 그렸다. 그 후 교역이 활발해지면서 비단이나 무명천을 붙이다가 17세기에 종이를 벽지의 재료로 이용하면서 그 후 단가도 내려가고 부유층 전유물, 상징물에서 대중화되었다.

오랜 전통과 역사 속에서 화가, 건축가를 시작으로 오늘날 도배기능사로 발전해오기까지 많은 선배들의 헌신과 수고를 잊지 않는다.

현장에서 갓 직업전문학교(학원 포함)를 수료한 초보 도배사 또는 교육기관에 다닌 적도 없는 일명 생초보를 포함하여 20년 이상의 풍부한 경력을 지닌 기술자들을 만난다.

그들 중 도배 기술은 물론 성품이 좋은 선후배 도배사들도 기억하고 있다. 나의 경험과 노하우를 이유 없이 그냥 주고 싶은 좋은 도배사들도 있다. 그들은 모두 배우려는 자세와 겸손한 태도를 지니고 있고 내 일처럼 성의껏 작업을 하기에 같이 일을 하는 횟수가 많다.

필자가 기억하고 있는 현장에서 만난 몇몇 동료 도배사들의 경험담이나 현장에서 보고 듣고 느낀 그들만의 소중한 이야기를 나누고자 한다.

현재 직장을 다니면서 퇴직 후 제2의 직업을 준비 중에 있는 분들이나 인생의 변곡점을 맞이하여 새로운 직업을 찾고 계시는 분들에게 도배사의 길로 안내하는 소중한 정보제공의 장(張)이 되기를 바란다.

그리고 도배 업계에 갓 입문한 후배 도배사를 포함하여 이 시간에도 활발하게 활동하고 있는 전국의 많은 도배사님에게 중세시대 선배들의 섬세한 손기술을 생각하며 국경을 뛰어넘어 초심으로 돌아갈 수 있는 넓은 마음의 계기와 앞으로 나아가는 데 힘과 용기를 주는 인간미가 넘치는 소통의 공간이 되기를 바란다.

상가 작업 시작 전 어느 날 아침

1. 50대 초에 도배를 제2의 직업으로 삼고 오늘에 이른 나(송○○ 도배사)

 1) 직장을 그만두고 도배를 시작하게 된 계기

 2) 도배 현장에서 느끼고 경험한 보람과 아쉬움

 3) 도배를 생각하고 있는 후배 도배사들에게 하고 싶은 말

 4) 도배를 통한 나의 바람 등

학창 시절 익히고 배운 것을 바탕으로 사회생활을 시작하듯이 나 또한 20대 후반에 설렘과 기대감으로 시작한 직장 생활을 50세까지 하였다.

연차를 더할수록 녹록지 않은 직장 생활에 지친 심신과 불확실한 미래를 생각하면 답답함을 떨쳐 내기가 어려웠다. 가족의 생계를 책임진 가장으로서 어깨에 짊어진 무게가 결정을 내리려 하는 순간 다가와 나를 짓누르며 힘들게 하는 것이 반복되었다.

어차피 한 번뿐인 인생, 하고픈 것 하며 살아야 후회가 없다고 스스로 다독이며 지나온 시간을 돌아보고 새로운 길을 찾기로 마음을 먹고 직장을 그만두었다.

세상사 별다른 게 없지만 막상 부딪혀 보니 선택지가 많지 않다. 스스로 열심히 살아왔다고 생각하며 여기저기 두드려 봤지만 반응이 미지근하였다. 전 직장에서 스트레스에 시달리던 것을 떨쳐 버리고 기술을 익혀 정년 없이 일할 수 있는 교육과정을 검색하던 중 국비지원 인테리어 과정이 눈에 띄었다. 3개월에 걸쳐 교육 과정을 마치고 동네에 위치한 인테리어 사무실에 들어갔는데, 예상치 못한 하자 문제와 업주와의 편치 않은 관계 등으로 1년을 채우지 못하고 그만둘 수밖에 없었다.

밥을 굶지 않을 한 가지 기술에 대한 목마름과 여러 정황을 고려하여 도배를 시작하게 되었다. 시작은 하였지만 주변에 도배 일에 종사하는 지인을 알지 못한 관계로 관련 밴드를 검색하여 가입하고 일을 가리지 않고 지원해 보고 연락이 오면 기쁘게

현장으로 달려갔다.

처음에는 전등 떼고, 벽지 뜯고, 풀 개고, 벽지 뽑기, 풀 기계 닦기, 쓰레기 줍기 등을 수개월에 걸쳐 지속하였다. 그렇게 지속되는 보조 일에 익숙해질수록 아쉽게도 도배 일에 대한 흥미는 반감되어 가고 있었다. 돌파구를 찾아야겠다는 생각이 섰다. 벽지를 붙여 봐야겠다는 생각에 신축 현장 일에 지원하고 찾아갔다.

신축 현장은 대개 원거리에 위치하고 있었으며, 아침 조회 시간 전에 현장에 도착해야 하기 때문에 새벽에 집에서 출발해야 하는 어려움이 있었다. 무거운 벽지를 옮기는 곰방, 겨울철에는 돼지꼬리에 물을 데워 가며 작업하는데 난방이 없어 춥기는 얼마나 춥던지, 여름에는 벽지 이음매가 벌어질까 문을 닫고서 작업하느라 몸에서 땀띠가 나는 것도 참아 가며, 시멘트 가루를 뒤집어쓰는 게링, 바인더 칠하기, 택스 치기, 이런저런 일하는 고달픔에 비하여 미흡한 보수 등 힘든 과정의 연속이었다.

새벽에 나가 저녁 귀갓길에 지하철 계단을 오르는 것이 힘들어 한 번에 올라오지 못하고 쉬어 가며 계단을 올라왔다. 그렇게 힘든 가운데 현장을 하나 둘 옮겨 가며 일을 조금씩 배워 나갔다.

3년 가까운 시간을 보내고 신축 현장에 더 있어 봐야 배울 것도 적절한 인건비도 기대하기 어렵다는 결론이 들었다. 현장에서 알게 된 인연으로 밖의 일(지물)에 참여도 하고 밴드에 구인 광고를 보며 열심히 문자 전송도 하였다. 그렇게 하여 이제는 제법 많은 분들을 알게 되었으며 미흡한 부분이 있음에도 불구하고 나를 기억하고 불러 주는 분들의 고마움에 답하고자 성실하게 일하였다.

많은 이들에게 건축 공정 가운데 도배를 쉽게 생각하는 경향이 있어 상대적으로 진입하는 수요가 연령과 성별 구분 없이 많은 것이 현실이다.

그러나 일을 배워 가는 과정에서 피할 수 없이 겪게 되는 어려운 부분이 신축 현장은 새벽부터 움직여야 하며, 일하다가 다치거나 열악한 작업 환경에 포기하는 경우가 많으며, 지물 일은 과당 경쟁으로 일감을 확보하는 것이 쉽지 않은 것이 현실이다.

도배는 건축공정 중에서 마감 공정으로 고객에게 눈으로 보이는 부분으로 작업한 부분에 소홀하면 하자 문제로 시달리게 된다. 작업 시간은 아침에 시작하여 어둠이 내릴 무렵까지 일하는 성실함을 요구하는 작업이다. "백지장도 맞들면 낫다"라는 속담은 도배 공정에서 협력과 동료의 도움이 있으면 일을 효율적으로 진행할 수 있음을 비유한 말이다. 비록 이해관계로 만나 함께 일하지만 힘든 일을 나누어 지고 가면 가볍고 경쾌한 걸음으로 오래도록 동행할 수 있다. 도배를 배우는 후배의 입장에서는 선배의 경험과 코칭이 절실하며 선배의 입장에서도 짐을 나누어질 수 있는 조력자가 필요로 하기에 서로를 배려하면서 일하는 것을 즐길 줄 아는 사람에게는 더없이 행복한 일터이다. 단지 도배를 배고픔을 해결하기 위한 생활 방편으로 배우기보다는 흥미와 관심이 넘쳐서 시작하는 사람에게 적극적으로 추천한다.

나는 김신우의 '귀거래사'라는 노래를 가끔 부른다. "하늘 아래 땅이 있고 그 위에 가 있으니 어디인들 이 내 몸 둘 곳이야 없으리"라는, 다사다난한 삶에 좌절하지 않고 스스로에게 용기와 격려해 주는 가사 말이 좋기 때문이다. 잘 부르진 못하지만 음이 높아 힘 있게 소리를 질러야 이 노래를 부를 수 있어 혼자서는 가끔 듣고 여럿이 모여 한 곡 해야 할 때는 분위기를 봐 가며 부른다.

제2의 인생을 살아가는 중년의 내게는 도배는 무리하지 않으며 일하는 것을 즐기는 행위다. 새벽부터 집을 출발하여 하루 일과를 마치고 저녁식사 후에는 내일 현장에 가기 위한 교통수단과 소요 시간 그리고 현장의 특이 사항 등을 체크한 후 10시 30분을 전후해서 잠자리에 든다.

인생이란 이정표 없이 가 보지 않은 길을 고심하면서 한 걸음씩 나아가는 것 아니던가. 선택과 결정의 책임은 본인에게 귀속되기에 결정과 선택이라는 행위는 외로움과 동행하는 것이라 생각한다.

복잡, 다양한 세상사에도 불구하고 필부로 일상을 살아가는 것을 보면 그저 신께 감사할 따름이다.

오피스텔 복층 도배 중

2. 5년 뒤 직장 퇴직 후 도배를 생각하며(백○○ 직장인)

10년 전부터 회사에서 독거 어르신 도배 봉사 프로그램이 있어 직원들과 매월 한 가정을 방문하여 도배를 하였다.

처음에 도배 봉사를 하며 잘할 수 있을까 걱정도 많이 했다.

기존 도배는 몇십 년 이상 된 상태여서 새 도배지로 붙여 드리는 것만으로도 어르신들께서 감사하셔서 처음에는 실수도 많았지만 몇 번 진행해 보면서 도배 기술이 어느 정도 느는 느낌을 받았다.

그런데 3~4년 정도 도배 봉사를 하면서 습득한 경험으로는 좋은 품질의 도배를 해 드릴 수 없을 것 같아 어차피 도배 봉사를 할 때 어르신들에게 더 정성스럽게 좋은 집을 만들어 드리자는 생각으로 도배 학원에 등록을 하였고, 도배기능사 자격증을 취득하였다.

도배기능사 자격증을 취득하고, 꾸준히 봉사할 수 있는 직원들(3~4명)과 그 외 봉사를 원하는 직원들이 돌아가면서 매월 지속적으로 도배 봉사를 진행할 수 있었다. 도배기능사 자격증을 가지고 도배 봉사를 할 때 예전에 보이지 않던 디테일까지 신경 써서 봉사를 할 수 있었고 어르신들에게도 깔끔하고 깨끗한 집을 만들어 드릴 수 있어 보람은 두 배 이상이 되었다.

함께 도배를 도와주는 회사 동료와 직원들이 도배기능사 자격증까지 취득하여서 도배 봉사를 전문적으로 하는 모습이 좋았는지 자격증은 어떻게 취득하는지, 쉬운지, 어려운지 등을 질문하기도 하였다. 회사 다니며 자격증을 취득하는 것이 쉽지는 않은지 현재까지도 자격증을 가진 사람은 나밖에 없다.

도배 봉사를 진행하면서 서울시에서 표창도 받고, 복지관에서 매년 감사패를 받으며 사회에 기여하는 모습에 매월 하루의 봉사이지만 뜻깊고 의미 있는 시간이 되었다. 특히 한 어르신은 도배 후 인사하고 돌아가는 길에 문자를 주셨는데 '10명의 천사들이 깨끗한 집을 만들어 주고 갔어요. 고맙습니다'라는 문자를 주셨는데 함께한 직원들에게 공유하니 직원들이 모두 힘들었던 것보다는 도배 봉사를 통해 어르신들에게 행복을 줄 수 있다는 의미와 긍지를 느끼는 시간이 되기도 하였다.

한국 가정의 도배란 무엇일까 생각해 보니 "두껍아! 두껍아! 헌 집 줄게 새 집 다오"라는 옛 노랫말처럼 헌 집을 새 집으로 변화시키는 놀라운 마술과도 같은 의미 있는 일이라고 생각한다.

코로나 시기에 도배 봉사가 잠시 멈췄고 퇴직 후 어떤 일을 할지를 생각해 보고 있었는데 그때 마침 '도배 달인의 이야기' 저자를 만나게 되었고 퇴직 후 도배 봉사와 더불어 제2의 직업으로 준비해 보고 싶은 생각을 갖게 되어 선생님께 실전 기술을 배울 수 있도록 토요일 또는 쉬는 날 불러 주시면 보조를 하겠다고 요청을 드렸다. 선생님도 흔쾌히 퇴직 후 직업으로 도배사의 길을 차근차근 안내를 해 주시고 있다.

처음 실전에 도전한 집은 방 한 칸 실크벽지 시공이었다. 도배 봉사는 합지(일반 벽지)로 진행하여서 실크벽지 시공은 쉽지 않았지만 선생님의 솜씨는 굉장히 빠르면서도 정확하게 시공을 하시는 모습을 보며 나도 합지로는 빠르고 정확하게 시공을 했던 봉사 때의 모습을 생각하면서 몇 번 연습을 하면 충분히 할 수 있겠다는 자신감을 갖는 시간이 되었다.

두 번째 실전은 30평 아파트 3개 방과 거실, 주방까지 합지 도배 시공이었다. 오늘 이사 오는 집이어서 시간이 넉넉하지 않아 빠르게 진행해야 하는 집이었다. 선생님과 두 분의 도배사님 그리고 새내기 나를 포함 모두 4명이 선생님이 주신 오더대로 기존 벽지를 떼고, 벽을 깨끗하게 정리하고 도배지를 나누어서 빠르게 붙이기 시작했다. 오전에는 여유가 있을 것 같았는데 오후가 되니 손이 바빠지고 이삿짐 차가 들어왔다는 소식에 어떻게 마무리했는지 정신없이 붙이고, 정리하고, 그래도 달인 선생님이 계셔서 이사 오는 시간에 맞추어 정확하게 완료할 수 있었다. 이사 오시는 고객분들이 도배가 되어 있는 현장을 보시며 흡족해하시는 모습을 보니, 나도 행복해지는 느낌을 받았다. 깨끗하게 도배된 집은 사람을 미소 짓게 만들고, 행복하게 만드는 마법이 있다.

세 번째 실전은 20평대 방과 거실이 있는 집이었는데 이번에는 도배 풀 기계를 조립하고, 사용하고 정리하는 임무를 주셨다.

도배 풀 기계만 잘 사용할 수 있으면 혼자서도 거뜬하게 20평대 집은 도배할 수 있다고 하시면서 기계 사용법과 조립, 사용, 정리 단계까지 알려 주셨다. 도배 봉사 때는 도배 풀 기계가 있으면 봉사하는 인원이 놀기 때문에 무조건 수동으로 풀을 개고, 도배지에 바르고 준비하는 과정이어서 도배 풀기계를 사용하지 못했고, 도배학원에서 몇 번 사용하였지만 현장에서 직접 사용법을 배우고 활용해 보니 도배 시공의 신세계였다. 기계가 산업 현장에서 사람을 대신하고 있는 시대고, 도배 시공에서도 어김없이 도배 풀 기계는 한 사람 몫을 하고도 남았지만 도배 풀 기계는 발전할 수 있어도 도배지를 벽에 시공하는 기술은 사람을 대신할 수는 없을 것 같다.

나의 꿈은 사회에 기여하고 봉사하는 NGO다.

100세 시대에 50대 후반 퇴직을 하면 무엇을 준비하고 있는지 물어보면 퇴직 전 지금부터 준비해야 한다고 생각한다. NGO는 여러 분야가 있지만 '어르신 가정에 도배 봉사를 하며 배운 도배 기술을 퇴직 후 도배를 제2의 직업과 봉사로 준비하면 어떨까?' 하는 생각이 들었다.

헌 집을 새 집으로 변화시키며 사회를 깨끗하게 만들고, 나의 꿈인 사회에 기여하고, 봉사하고, 봉사와 더불어 수입 창출을 할 수 있는 NGO.

도배 봉사와 NGO의 삶을 생각해 보며 오늘도 열심히 준비하는 삶을 살아간다.

도배로 제2의 직업과 봉사를 꿈꾸게 해 주신 선생님께 이 시간을 빌어 감사를 드린다.

풀사로 벽지를 뽑는 중

3. 생초보 여자 도배사의 현장 적응기(정○○ 도배사)

대학교를 졸업하자마자 전공 관련 일을 10년 이상 해 왔다.

일이 버겁거나 매너리즘에 빠진 것은 아니었지만 도배사로 전향한 이유는 분명히 있었다.

요즘 흔히 100세 시대라고 하는데 지금 내가 하고 있는 일을 최소 10년 이상 하며 노후 준비를 잘할 수 있을까 생각했을 때 미래가 그려지지 않았다.

그렇다면 어떤 일을 하면 좋을까라고 생각하던 중 예전부터 도배에 관심이 있어 '도배를 배워 보면 어떨까?'라는 생각이 들었다. 경력이 쌓일 때까지는 힘들어도 기술만 익혀 두면 미래에 큰 도움이 될 것이라고 생각했다. 어떻게 보면 이상적인 것보다 현실적인 고민 속에 선택하게 된 일이었다.

도배에 관심은 있지만 너무 무지했기에 학원에 다니며 기본적인 도배 기술을 배우고 수료하며 내가 할 수 있을지에 대한 자신감이 많이 결여되어 있는 상태였다. 내 마음처럼 칼질도 되지 않고 도배지도 잘 붙지 않고 그 무엇 하나 쉬운 것이 없었다. 이 상태로 현장에 투입되어 일을 할 수 있을지 기대감보다는 두려움뿐이었지만 도전하지 않으면 아무 일도 벌어지지 않기에 일자리를 찾아 여러 곳에서 구인 글을 열심히 찾아보고 구직 글도 올려 보았다.

그중에 박완규 반장님이 올리신 글을 보게 되었고 문자를 보냈지만 당연히 나라도 막 졸업한 초보를 데리고 일한다는 것은 도움이 되지 않을 것이라고 생각했기 때문에 불러 주시지 않아도 어쩔 수 없다고 그렇게 낙담하며 시간을 보냈는데 반장님께 연락이 와 첫 일을 시작할 수 있게 되었다. 반장님과 선배님의 도움으로 기계도 사용해 보고 도배를 하기 전 밑 작업을 배우기도 하며 현장에서 이루어지는 일들을 직접 경험해 보면서 어떤 일이든 직접 해 보는 것이 중요함을 한 번 더 알게 되었다.

요즘은 인터넷에 도배하는 영상과 팁들도 쉽게 접할 수 있지만 영상을 보는 것과 직접 하는 것의 차이는 정말 다르기 때문에 나와 같은 초보 도배사라면 거리와 상관없이 일을 할 수 있는 곳이 있다면 많이 참여하여 경험하는 것이 좋다는 것을 이야기하고 싶다. 그렇게 하다 보면 '반장님과 여러 선배님들처럼 척척 혼자 도배하는 날도 오지 않을까?' 하는 기대감도 생기기도 한다. 선배님들 중에서 왜 이렇게 힘든 일을 선택했냐고 묻는 분들이 많으셨다. 어떤 일이든 배우는 것이 쉽지 않지만 도배 기술을 배우고 익히는 것이 쉽지 않은 일임을 나타내는 말이 아닐까 싶다.

아직 나도 초보 도배사이지만 나처럼 도배사를 꿈꾸는 분들께 말씀드리고 싶은 것은 현실적인 부분도 생각해 보라는 것이다.

초보 도배사의 일당은 많지 않을뿐더러 초보를 모집하는 곳은 별로 없다. 그래서 내가 일을 많이 하고 싶어도 일자리가 없어 일을 하지 못하는 경우도 생긴다. 일이 없을 경우를 대비해 어느 정도 생활비를 비축해 놓은 상태에서 시작하면 좋을 것 같다. 또한 나는 체력이 나쁘다고 생각하지 않았지만 빨리 도배를 배우고 싶다는 마음에 초창기에 욕심을 내 일주일 동안 쉬지 않고 일을 한 적이 있었는데 나도 모르게 몸이 안 좋았는지 부정출혈이 있기도 했다. 자신의 컨디션에 맞게 체력 관리에 힘쓰는 것도 중요한 것 같다. 또한 아직 일도 익숙하지 않고 모르는 게 많은 상태에서 새로운 현장에 가면 반장님과 선배님들의 스타일에 맞추어 일을 어떻게 도우면 좋을지 고민되는 점들도 많다.

그럼에도 불구하고 지금 마음이 도배사 쪽에 기울어져 있다면 하루빨리 도전하는 것도 나쁘지 않다고 말씀드리고 싶다. 내가 가장 후회하는 부분은 더 빨리 도배를 배우고 시작했다면 지금보다 조금 더 기술적인 면으로 도배를 하고 도움을 드릴 수 있지 않을까 하는 것이다.

도배 현장에 나가 돌아오는 길에 일을 너무 못한 것 같아 자괴감을 느껴 운 적도 있고 도배 일을 나가고 나서 일기를 쓰며 배울 점을 작성하고 어떻게 하면 일머리가 생길지 고민도 해 보고, 집에서 칼질 연습도 하고, 궁금한 것은 여러 선배님들께 여쭤보며 여전히 도배를 배우고 있다. 마음이 급한 내가 속상해하면 반장님과 선배님들은 늘 "아직 초보라 못할 수 있다. 마음 급하게 먹지 말고 꾸준히 열심히 하면 된다"라고 위로해 주시고 격려해 주신다. 도배를 잘 몰랐을 때는 도배는 도배지만 붙이면 되는 게 아닌가 생각했다. 하지만 현장에서 본 도배는 밑 작업 시간이 오래 걸리고 더 꼼꼼히 체크한다. 밑 작업이 잘되어 있어야만 도배를 했을 때 깔끔한 도배가 완성되기 때문이다.

적응 중인 나는 여전히 기대감만큼 현장이 무섭고 두렵기도 하다. 그럼에도 이제는 마음 급히 먹지 않고 꼼꼼히 배우는 밑 작업이 잘되어 있는 도배사가 되기 위해 노력하고 있다.

앞으로도 배울 것이 수만 가지가 남았지만 나중에는 나도 나 스스로 제법 어엿한 도배사가 되었구나 싶을 때 도배를 꿈꾸는 분들에게 반장님과 선배님들처럼 도움이 되는 도배사가 되고 싶다.

반장님, 선배님들 존경합니다!

그리고 도배를 배우실 분들도 언제나 응원하겠습니다!

4. 내가 만난 어느 인상 좋은 반장님(○○ 지니)

구인구직 사이트에 풀사 겸 보조를 구인한다는 글을 보았다.

나는 아무 기대도 하지 않고 지원했다. 어차피 나이 때문에 안 되겠지……. 사이트에 올려져 있는 사장님의 사진을 보았다. 사진을 보는 순간 어쩌면 내가 될 수도 있겠다는 감이 왔다. 그분은 나이가 있으셨고 인상이 좋으셨다. 내가 나이가 많아도 뽑아 주실 것 같았다. 그런데 진짜 내일 연락 주신다고 문자가 왔다. 그냥 목소리에서부터 인자함과 따뜻함이 느껴졌다.

아, 내일은 진짜 많이 배울 수 있겠구나. 유진 기계만 다루어 보았고 에이엠 기계는 처음 다루어 본다고 말씀드렸는데 오시면 상세하게 설명해 줄 테니 편안한 마음으로 내일 보자고 하셨다.

현장은 영등포 소재 빌라였다.

그날은 진짜 한 마디로 신세계였다.

기계도 처음 다뤄 보고 기계에 펌프를 연결해 사용하는 것도 처음이었다.

소폭 합지도 처음 뽑아 보고, 노바시 봉투 사용하는 방법도 새로웠고, 치수족보 쓰는 것도 처음 배웠다. 벽지 LOT 구별하는 것도 처음이었다.

처음 하는 것이 태반이었다.

그날 현장에 와서 느낀 건데 지금껏 내가 아무 생각 없이 좀 쉽게 일한 듯하여 반성했다.

그래서 배울 기회, 이게 웬 따봉이냐!

반장님께서 거실 겸 주방, 방을 실측하신 후 노트를 건네주셨다.

원래 여분의 벽지 종이에 크게 써서 주시는데 반장님은 노트에 기록을 남기시는지 다이어리 노트에 작성하여 주셨다.

신축이나 지물 일에서 항상 새로운 노바시 봉투를 사용했는데 이곳 현장은 썼던

봉투를 재활용했다. 안에 물을 넣어 왔다 갔다 하면서 비닐 안을 청소하면서 비닐이 터졌는지 안 터졌는지 확인을 했다. 벽지를 뽑은 후에도 항상 봉투에 어느 정도 양의 물을 넣어서 벽지를 보관했다. 그 이유는 날씨가 더워 물이 빨리 말라 배접 날까 하여 적당히 물을 넣어 적셔 주는 것이다.

이것도 처음 경험했다. 오늘 하루 동안 얼마나 값진 경험을 하는지 기뻤다.

벽지를 다 뽑고 기계도 다 분리해서 닦아 조립해 놓고 거실 천장 밑 작업을 도와드렸다. 일반적으로 덧방 시공을 할 시에는 끝에 태운 부분만 깨끗하게 잘라내고 실리콘을 바른 후에 벽지를 붙여 준다. 태운 곳을 제거 안 할 경우에 태웠던 부분이 들뜨기 때문에 하자가 발생하니 꼭 깔끔하게 마무리하고 도배를 한다.

보조가 시공한 벽면

노란색 화살표 표시된 부분은 내가 직접 붙였고 방 2개 하단도 내가 직접 내렸다.

반장님께서 창하 벽지 뽑을 때 칼날을 자주 바꾸더라도 아주 깔끔하게 잘라 달라고 해서 의아해했는데 창문에 칼질을 하지 않고 곧바로 붙이기 위해서였다. 붙이시는 것을 보니 이해가 되었다. 반장님께서 손이 빠르다고 칭찬해 주셨고 조금 더 배우면 정말 잘하겠다고 말씀을 해 주셨다.

아무튼 일부 작은 부분이지만 붙일 수 있는 기회를 주셔서 너무 감사했다. 그리고 정말 특별한 걸 배운 게 있다면 일부 벽면에 곰팡이가 있는 부분은 실크지를 반대로 하여 즉, 실크 겉면에 풀을 발라 곰팡이가 많은 벽에 붙여 주는 것이다. 그 이유는 곰팡이가 배어 나오지 않도록 실크 코팅면을 벽면에 붙여 주는 것이다. 그럼 곰팡이가 생기는 걸 어느 정도 방지할 수 있다. 지금까지 한 번도 보지 못한 노하우다.

이것만 보더라도 참 하나하나 정성을 다해서 시공하시는 걸 느꼈다. 정말 칼선 하나하나 너무 섬세하시고 꼼꼼하시고 시간이 걸리더라도 정성스럽게 작업을 하셔서 존경스럽다.

세상에 이렇게 성품이 좋으시고 따뜻하시고 선하신 분이 계실까?

반장님이 올리신 구인 글을 한 200명이 넘는 사람들이 봤을 것이고 그중에 20명 이상의 사람들이 지원을 했을 텐데 왜 나한테 기회를 주셨을까 하는 생각을 해 봤다.

반장님의 성품으로 봤을 때 아마도 내가 제일 나이 많은 초보였기 때문이 아닐까 하는 생각을 해 본다. 그래서 더 기회를 주시려고 하신 것 같다.

혹 도배를 하실 예정이신 분은 꼭 박완규 반장님께 의뢰하시기를 강력 추천드린다.

오늘 하루도 뭐 하나 버릴 것 없이 너무 많은 걸 배워서 한층 업그레이드된 나!!!
세상에 경험만큼 중요한 게 있을까?
거절당해도 또 시도하고 또 시도하고,
오뚝이처럼 끊임없이 도전하자!!!!!

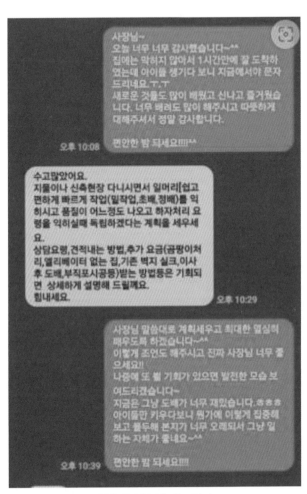

사장님~
오늘 너무 너무 감사했습니다~^^
집에는 막히지 않아서 1시간만에 잘 도착하
였는데 아이들 챙기다 보니 지금에서야 문자
드리네요.T.T
새로운 것들도 많이 배웠고 신나고 즐거웠습
니다. 너무 배려도 많이 해주시고 따뜻하게
대해주셔서 정말 감사합니다.

편안한 밤 되세요!!!^^

오후 10:08

수고많았어요.
지물이나 신축현장 다니시면서 일머리[쉽고
편하게 빠르게 작업(밀작업,초배,정배)를 익
히시고 품질이 어느정도 나오고 하자처리 요
령을 익히실때 독립하겠다는 계획을 세우세
요.
상담요령,견적내는 방법,추가 요금(곰팡이처
리,엘리베이터 없는 집,기존 벽지 실크,이사
후 도배,부직포시공등)받는 방법등은 기회되
면 상세하게 설명해 드릴께요.
힘내세요.

오후 10:29

사장님 말씀대로 계획세우고 최대한 열심히
배우도록 하겠습니다~^^
이렇게 조언도 해주시고 진짜 사장님 너무 좋
으세요!!
나중에 또 뵐 기회가 있으면 발전한 모습 보
여드리겠습니다~
지금은 그냥 도배가 너무 재밌습니다.ㅎㅎㅎ
아이들만 키우다보니 뭔가에 이렇게 집중해
보고 몰두해 본지가 너무 오래되서 그냥 일
하는 자체가 좋네요~^^

편안한 밤 되세요!!!!

오후 10:39

처음 온 보조와 나눈 문자

5. 여자 도배사로 살아남기(임○○ 도배사)

벽에 붙은 종이에 대해 내가 생각해 본 적이 있을까?

도배에 대해 생각해 본 적이 없었던 나는 결혼을 하고 내가 꾸며야 할 공간이 생기면서 도배라는 것에 대해 인지를 하게 되었다.

몇 년의 시간이 흐르고 뜻하지 않게 배울 수 있는 기회가 왔고 그동안 가져 왔던 꿈을 이뤄 보기로 했다. 마침 집 근처의 도배, 타일, 인테리어필름을 가르치는 직업전문학교(내일배움카드 혜택받음)에서 약 1년간 타일 → CAD → 도배 → 인테리어필름의 순서로 배워 나갔다.

배우고 나니 이제 실무에 뛰어들어야겠다는 생각이 들었다.

학원에서 배운 것은 기초였기 때문에 현장에서 경험하는 것과는 천지 차이였다. 물론 학원에서 기초를 배우고 현장으로 갔기 때문에 기술을 습득하는 데 큰 도움이 되었고, 이건 꼭 필요한 과정이었다고 생각한다.

가장 먼저 현장을 경험했던 건 도배가 아니라 인테리어필름이었다. 마지막 과정으로 인테리어필름을 배우자마자 다니는 교회에서 혼자 시공을 했고, 성공적으로 마무리하면서 인테리어필름에 대한 자신감이 올랐다. 이 포트폴리오를 가지고 밴드에서 구인을 보고 지원을 해서 좋은 팀장님을 만날 수 있었고, 불러 주실 때마다 따라다니며 일을 배울 수 있었다. 하지만 팀장님이 일이 없을 때 다른 곳에 지원을 해 봐도 불러 주지 않아서 고민을 하고 있던 찰나에 친구가 원룸 도배를 부탁했다.

도배는 인테리어필름 전에 배워서 이미 시간이 좀 흘렀고, 실제 현장에서 한 번도 해 본 적이 없어서 자신감이 없었다. 소폭합지로 원룸 도배를 해야 하는데 머리가 복잡해지기 시작했다. 도배 기계도 없었고, 도배 기계를 사용할 줄도 모르고, 풀방의 존재도 몰랐기에 겨우겨우 지물포를 운영하시는 아는 지인분께 부탁을 해서 7평 원룸 도배를 하기 위해 필요한 소폭합지와 풀의 양을 어쭤 보고 구매를 해서 강남으로 향했다. 비어 있는 원룸에서 혼자 학원에서 배운 대로 손으로 직접 재단을 하고 풀을 직접 손으로 개서 벽지에 발라 하나하나 붙여 갔다.

지금 생각해 보니 노바시라는 것도 몰라서 벽지에 풀을 바르자마자 붙였고, 처음 마주한 곰팡이에 당황했고, 밑 작업도 제대로 할 줄 몰라서 벽지도 과하게 뜯어내느라 고생은 고생대로 했다. 네바리를 가져갔지만 거꾸로 붙인 것 같기도 하고 지금 생각해 보니 정말 중구난방 난리도 아니었다. 밤새 고생을 해서 원룸 도배를 마치고 나니 이게 뭐라고 도배에 자신감이 붙었다. 그래서 다양한 도배 밴드에 가입을 하고 구인 공고가 날 때 지원을 했다.

도배는 크게 보면 신축일과 지물일로 나뉘는데, 나는 어차피 앞으로 지물 쪽으로만 할 것이라고 생각했기에 무조건 지물 일에만 지원을 했다.

혼자 원룸 도배를 해 본 것 외에는 경험이 없던 생초보인 내가 도배에 대해 뭘 얼마나 알았겠는가? 어느 날 밴드에서 '보조 구인 14만 원'이라고 쓰여 있는 매력적인 문구에 '우와! 보조인데 돈을 14만 원이나 준다고?' 하며 신나게 지원을 했고, 여자 반장님께서 오라고 하셔서 다음 날 떨리는 마음으로 가게 되었다. 석고보드에 네바리를 걸라고 시키셨는데, 엉성하게 네바리를 걸고 있던 나를 보시고는 여자 반장님이 기계를 만질 수 있냐고 물어보셨다. 나는 기계는 한 번도 만져 본 적이 없다고 했고, 그럼 뭘 할 수 있냐고 해서 시키시는 건 뭐든 하겠다고 했다가 정말 그렇게 혼날 수가 없었다. 나는 너무 생초보라서 보조와 초보의 차이를 몰랐고, 보조는 어느 정도 기계도 볼 줄 알고 도배를 할 줄 아는 사람이어야 한다는 것을 몰랐었다. 결국 엄청 혼나고 겨우겨우 눈치를 보며 쓰레기를 치우고 있다가 그래도 감사하게 내일 기계 배우러 오겠냐고 물어봐 주시는 그 말에 나는 그 기회를 놓치지 않고 "네!" 하고 크게 대답했다.

다음 날 아침 현장에 도착해 짐 나르는 걸 열심히 도와드리며 기다리고 있으니 내

또래의 풀사라고 불리는 남자친구가 왔다. 나이가 많으신 분들 사이에 섞여 있다가 내 또래 친구를 보니 반가웠고, 그 친구가 친절하게 기계 이용하는 방법을 가르쳐 주고 이런저런 이야기를 많이 해 줘서 큰 위안과 도움이 되었다. 이 친구는 지금까지 인연이 돼서 나에게 많은 도움을 주고 일도 자주 같이하고 있다.

그렇게 실수로 갔던 현장을 통해 기계를 배울 수 있었고, 이게 나의 도배 인생을 풀사라는 타이틀을 가지고 좀 수월하게 갈 수 있게 바꾸어 준 계기가 되었다. 나름 공대를 나와서 그런지 기계를 다루는 일을 금방 습득하는 편이었고, 초보 풀사도 받아 주는 현장에 풀사로 지원을 하며 본격적으로 일을 배워 나가기 시작했다.

기계를 한 번 잡아 본 게 다라고 했음에도 불구하고 받아 준 현장에서 신기하게도 같은 학원을 나온 여자친구도 만나고 많은 내 또래들을 만나서 좀 편안하고 즐겁게 일을 배우며 도배를 할 수 있었다. 이곳에서 AM 기계를 많이 다뤄 볼 수 있었고 도배지를 붙이는 기회도 많이 갖게 되었으며, 지금까지 함께 일을 하고 있는 좋은 친구도 만날 수 있었다.

그렇게 도배에 대한 자신감을 키워 나가며 일정이 비었을 땐 밴드에서 구인 공고를 보고 지원을 하고, 소개도 많이 받으며 다양한 현장에 풀사로 다녔고, 어느 곳에 가든 최선을 다해서 일했다.

참 신기한 것은 이 현장에서 만났던 분을 다른 현장에서 다시 만나게 되기도 하고, 서로 다른 현장에서 만났던 분들이 서로 아는 분들이기도 하다는 것이었다. 어느 곳에서든지 좋은 관계를 유지하며 서로서로 협력해서 일을 하는 것의 중요성을 많이 느꼈다.

부족한 실력임에도 불구하고 개인적인 일을 많이 딸 수 있었고, 많은 분들의 도움으로 지금까지 해 오고 있다.

도배라는 것이 사람의 손으로 하는 일이다 보니 100% 하자가 안 날 수도 없고, 때론 고객의 마음을 만족시키지 못할 때도 있었다. 그럴 때면 일을 딴 사람으로서 혼자 책임을 안고 가는 것이 버거울 때도 있었는데, 이런 걸 성장해 나가는 과정 중 하나라고 위로해 주시며 도와주시는 좋은 분들 덕에 해결해 나감을 경험하며 나 또한 이분들의 일을 언제든 도울 줄 아는 사람이 되어야겠다는 생각을 하게 된다.

다른 많은 기술자분들에 비하면 새 발의 피 정도의 경력밖에 되지 않지만 여자 도배사로서 지금까지 내가 올 수 있었던 것은 경력이 없다고 무시하는 사람들이 아닌, 모르는 것은 가르쳐 주고 함께 협력해서 일을 해 줬던 사람들이 있었기 때문이고, 나 또한 내가 초보라고 또는 여자라고 몸 사리지 않고 최선을 다해서 배움을 갈망하며 자신감 있게 도배 현장에 뛰어들었기 때문인 것 같다.

초심을 잃지 않고 초보 도배사들에게 나의 경험과 노하우를 알려 주어 그들도 어엿한 도배사로 성장하게끔 도와주고 싶다.

앞으로 남은 인생도 여자 도배사로서 성공하는 인생,

더욱 큰 지경으로 나아가는 인생을 살고 싶다.

쭈그리고 앉아 무엇 하고 있는지 모르겠음ㅋㅋ

3부

도배기능사
시험 합격 후기

도배기능사 시험은 한국산업인력관리공단에서 주관하는 국가 기술자격증이다. 매년 3~4회 시험에 4천 5백 명에서 5천 5백 명 정도 접수할 만큼 관심도가 높다. 도배기능사 자격증 없어도 현장에서 프리랜서나 개인사업자로 도배 활동하는 데 지장은 없다.

그러나 도배기능사 자격증을 취득하면 앞으로 도배를 배우고 익히는 데 어려움이 있더라도 계속할 수 있는 동기부여가 되기에 충분하다.

향후 사업이 확장됨에 따라 **관급공사 입찰, 교육 현장 훈련교사 등록, 건설 현장관리인 활동** 등 취득해 놓으면 여러 용도로 사용 가능하고 활용가치도 높다.

도배기능사 시험에 관심이 있는 분들은 먼저 도배기능사 시험에 응시하여 합격한 후기를 읽으면서 분위기나 요령을 살펴보고 각오를 새롭게 하기를 바란다.

합격하는 그날까지
힘내자, 힘!

👉 **TIP!** 도배기능사 시험 원서접수 안내(http://www.q-net.or.kr/)

원서접수 신청(사전 입력기간 확인)

| **자격 선택 → 종목 선택 → 응시유형 → 추가입력 →** | 장소 선택 → 결제하기 → 접수 완료 |

↑
사전 접수 시 미리 작성하세요.

↑
원서접수 날 작성하세요.
결제는 가상계좌 입금 선택

1. 가문의 영광! 3번 탈락, 4번째 만에 드디어 합격(김○○ 도배사)

오늘도 열심히 벽지를 붙이고 있는데 선생님으로부터 전화가 왔다.

김○○: (두 손으로 공손하게 핸드폰을 들고) 선생님, 반갑습니다.
선생님: 추운데 잘 지내고 있냐? 부탁 하나 하자. 도배기능사 시험 3번 떨어지고
　　　　4번째 합격한 사실을 수기로 작성하여 메일로 보내 줄래.
김○○: 그걸 뭘 자랑이라고요.
선생님: 독자로부터 공감대 얻기에 눈 닦고 봐도 너만 한 사람 없다. 나 바쁘다.
　　　　그리 알고 전화 끊을게.

이렇게 하여 서툰 글씨지만 합격수기를 쓰게 되었다.

떨어진 사람만 그 심정 안다고 목포에서 시험 떨어지고 서울 올라오는 날은 정말로 낙담 그 자체였다.

첫 번째는 하필 감독관 바로 앞 부스를 배정받아 대충 할 걸 신경 쓰여 손 한 번 더 간 것이 그만 시간 오버로 불합격이다.

두 번째는 코너 초배지 5센티 이상 찢어 버려 불합격이다.

세 번째도 실크 무늬맞춤에서 버벅거리다가 시간 오버로 불합격이다.

도배기능사 자격증은 도대체 나와 인연이 없는 걸까?

자포자기 상태였다.

자격증 없어도 일하는 데 아무 지장이 없다는 말로 위로를 삼는다.

사실 현장에서 도배하는데 어느 누구 하나 자격증 보자고 하는 사람 없다고 위안하며 잊고 도배하다가도 오기가 나서 딱 한 번만 더 보기로 하고 다음 회차의 접수 날짜를 확인하고 제발 집 근처 서울이나 인천에서 시험 볼 걸 기대하고 하루하루를

보냈다.

접수 당일 20분 전 사양 좋다는 인근 PC방에 가서 로그인하고 10시 땡 하기를 기다렸다. 전국 각지에 다양한 시험을 접수하려는 사람들은 다 나와 같은 마음일 거다. 10시 땡 하자마자 접속하여 장소를 선택하였으나 벌써 내가 원하는 시간대가 마감되었다. 다시 장소를 선택, 좀 늦은 날짜, 오전 시간대에 선택하고 드디어 결제까지 완료하니 긴장이 풀린다.

도대체 이게 뭐라고. 누가 그랬다. 서울에서 시험 보는 거는 하늘이 점지해 주는 거라고…….

네 번째 시험.

결론부터 말하면 합격이다. 가문의 영광이다. 어쩐지 선생님께 이 기쁜 소식을 전하기가 쑥스러웠다.

배정받은 부스에 가자마자 우마 높이를 조절해 놓고 각 면 상태나 커튼박스 등 구조물을 살펴보았다.

시험감독관이 무늬 벽지 상·하단 설명해 주는 말에 집중했다. 깐깐해 보였다.

드디어 감독관의 시작 소리가 들려왔다.

학원에서 선생님이 일러 주신 순서대로 정배지(소폭, 광폭, 실크)를 재단하고 초배지(공간, 보수, 밀착, 운용지 등)를 재단하였다.

재단 후 둘둘 말아 다음 작업에 지장이 없는 A면 하단과 부스 바로 앞에 두고 허리 펼 겨를도 없이 곧바로 풀을 개기 시작했다. 열심히 주무르고 돌리는 사이 시간이 참 빨리도 흘러갔다.

각 순서대로 풀을 대충 바르고 천장 공간 초배를 시작으로 보수 초배, 밀착 초배, 운용지를 붙이고 나니 1시간 30분 정도 경과하였다.

그사이 감독관들이 수시로 왔다 갔다 하며 채점하는 것 같았다.

초배 완료라고 외치니 주 감독관이 보시더니 계속 진행하라고 하셨다.

이때 감독관의 별말(지적)이 없으면 일단 여기까지는 합격이라고 생각하고 준비해 간 음료수로 갈증을 해소했다. 마스크를 착용하다 보니 숨을 제대로 쉴 수가 없었다. 정배지에 열심히 풀질을 했다. 여기도 대충 빨리 저기도 대충 빨리 시간 안에 들어와 야만 평가를 받을 수 있기에 1분 1초가 아깝다. 다른 부스를 볼 겨를도 없다.

소폭합지(천장, A면), 광폭합지(C면), 실크(B면)를 순서대로 대충 빨리 붙였다.

중간중간 실수하기도 했지만 감점 요인은 무시하고 불합격 요인만 없으면 되니까 대충 넘어갔다. 실크지 붙이고 나니 10분 정도 시간이 남았다.

여기까지도 느낌 좋았다.

"완료하였습니다!" 크게 외쳤다.

감독관 3명이 보시더니 별 말씀이 없으셨다. 다른 부스에서 시험 보시던 분들이 순간 나의 부스 쪽으로 부러운 눈으로 바라보았다. 감독관은 나에게 등번호가 보이도록 부스 안으로 돌아보고 서라고 하셨다.

등번호를 사진 찍으셨다.

벽지 제거 등을 하라고 하셨다. 신이 났다.

이번에는 아무에게도 시험 보러 간다고 말 안 했다. 또 떨어지면 그 망신 감당 못 할 것 같아서. 네 번째 만에 맛보는 이 기쁨 소식을 온 세상에 전할까 말까?

늦은 나이에 시작한 도배 건강이 허락하는 한 도배를 쭈욱 하리라 다짐한다.

• **시험을 준비하는 분들에게 꿀팁**

1) 시험 전 1번 정도는 연습해 보실 것(가능하면 시험 보는 장소에서 연습하는 것을 추천함).

2) 초배, 정배 순서를 이미지 트레이닝 잘하실 것.

3) 감정, 불합격 요인을 잘 알고 **대충 빨리** 한다는 생각으로 시험에 임할 것.

4) 다른 부스 수험생들의 진도나 진행 내용에 신경 쓰지 말고 자기 페이스대로 차분하게 진행할 것.

5) 감독관이 왔다 갔다 해도 신경 쓰지 말 것.

2. 운 좋게 한 번에 합격한 도배기능사 시험 후기 및 결과(im 반장)

약 한 달간의 학원 수강을 마치고 2023년 제1회 도배기능사 시험에 응시하여 실기 시험을 치렀다.

경쟁률이 치열하다고 들어 긴장을 하고 원서접수 날 오전 10시 정각에 맞추어 Q-net 어플로 접속, 기다림 끝에 내가 원하던 장소에 접수 성공하였다.

TIP!

원서접수 전 **사전접수 기간**이 있는데, 이때 기본 정보, 접수할 시험까지 미리 입력해 놓을 수 있음. 그런 후 당일 접속하면 사전 입력해 놓은 시험접수 페이지로 자동 들어감. 그리고 결제 는 **'무통장입금'**을 선택하시기를 추천.

2주 정도 기간이 있어서 그사이 내가 보는 인천 시험장인 도배학원에서 모의고사 를 실시한다는 정보를 알고 전화하여 모의고사 1회를 신청했다. 비용이 적지 않지만 시험을 치르는 장소와 연습하는 장소가 같아서 미리 가서 분위기를 파악하는 것도 좋은 방법이고 심리적으로 안정될 것 같아서였다.

가서 시험장에 턱이 있다는 것을 알게 된 것은 뜻밖의 수확이었다. 사실 시험 볼 때 는 신경 안 쓰였다. 이제는 시간 안에 들어오기, 실수 안 하기, 기억하기 등 준비 완료.

대망의 시험 날!

오후 시험이라 집에서 점심을 든든히 먹은 후 인천 시험장으로 갔다.

주변 공영주차장 검색 후 지나는 도중 표시한 B 위치에 공영주차장이 있었다. 시 험장과 조금이라도 더 가까운 곳에 주차하고 장비를 바리바리 싸 들고 학원 건물 2층 시험장에 도착하였다. 우선 대기실에 가서 대기하는데 실기는 어차피 내 부스 안에 서 긴장할 시간조차 없을 거라고 생각한 것과 달리 막상 대기실에 있는 수험자들을 보니 조금 긴장되긴 했다.

감독관이 들어와서 시험 유의사항을 안내했다. 감독관들은 "유튜브 이런 데서 어떻게 어떻게 하던데요", "이렇게 하라는데 해도 돼요?"라는 이런 질문을 하지 말고 정식으로 배운 대로 시험에 응하라고 하셨다.

무늬벽지인 광폭합지, 실크벽지 상·하단에 대해 설명해 주셨다.

감독관들은 생각보다 화통하셔서 "제가 무늬 잘 안 보여서 앞에 가서 봐도 될까요?" 하니까 "오세요. 가까이 와서 보세요" 하시고는 "여기 뾰족한 이게 위로 가게요" 하시는데 또 옆의 감독관님은 "조선은 지금 있어요, 없어요. 지금은 없는 나라". 모두들 긴장하고 있는 우리들을 보시더니 긴장을 풀어 주려는 고마운 뉘앙스였다. 그리고 **주의사항!** 오전 시험에서 한 분이 칼날에 손목을 크게 베여 병원에 가셨다고 하셨다. 생각만 해도 아프다.

드디어 시험장에 입장하였다. 부스는 총 9개, 벽 옆에 있는 부스 3개는 분리된 느낌으로 부스 앞으로 1m 정도 되는 공간으로 감독관이 왔다 갔다 하기에 힘든 구조.

나는 2번 부스.

"시작하세요"라는 감독관의 큰 소리가 들려왔다.

원래 학원에서 배운 대로 초배, 정배 순으로 재단을 하였다.

벨트 차니까 스프링 줄에 칼이 대롱대롱.

아니나 다를까. 조금 후에 감독관 한 분이 오셔서 "칼날 조심하세요"라고 하셨다. 조심하자!

풀칠, 초배, 정배 순으로 열심히 붙이고 나니 시간 안에 완성하였다. 부스 안에서 검토하려고 하는데 뒤에 바로 감독관이 다가왔다. 수고 많으셨다며 청소하라고 하셨다. 정말 열심히 붙이자마자 떼고 청소하라고 하셔서 약간 허탈하였지만 다행이고 너무 좋았다. 5분 일찍 마치고 청소를 하고 있으니 시험시간이 종료되고 연달아 채점이 시작되었다. 오작으로 서명을 하는 응시생도 보였고 분위기는 실망감으로 냉

랭. 그 자체로 차갑다.

중도 포기 1명, 나머지는 거의 완작을 한 것 같았다.

합격률 낮다며…… 나도 탈락이 아닌가 걱정 반 기대 반.

청소 마치는 대로 퇴실을 하고 터덜터덜 집으로 돌아왔다.

결과는 거진 한 달 걸려 잊고 살다가 카카오톡으로 결과 안내가 왔다.

합격이다!

• 느낀 점

1) 재밌다.

2) 힘들다. 체력만큼은 좋은 편이라고 생각했는데 은근 지치고 겨울이었지만 매번 땀이 흥건해진 채 마쳤다.

3) 약간의 기억력. 재단 치수, 커팅 방법 등 실기시험이라 외워 둬야 할 것이 있고 동시에 몸도 움직여야 해서 정신없었다.

3. 시험장 분위기 장난이 아니다(박○○ 도배사)

작년에 직업전문학교 도배기능사반을 수료하고 잉크도 마르기 전에 시험에 응시하였으나 불합격하였다.

그동안 학교 다니면서 웬만한 시험은 떨어져 본 기억이 없었던 터라 나 자신에게 실망하고 분해서 그날 잠도 못 잤다.

두 번째 시험 보기 전에 직업전문학교에 가서 한 번 연습을 하였다. 감각을 잊지 않고 시간을 단축하기 위해 이전에 메모해 두었던 재단 치수와 작업 순서 등을 기억해 가며 땀을 뻘뻘 흘리며 연습했다.

이번에는 오후에 시험을 보았다.

오전에 본 응시생들의 표정에서 합격, 불합격 여부를 알 수 있었다.

떨어진 사람은 자기 실력을 탓하지 않고 감독관을 핑계 대거나 부스 배치 핑계를 대는 등 같이 온 학원 출신 동기들끼리 구시렁거렸다.

오후 시험 응시생들도 덩달아 긴장이 극도로 올랐다. 대부분이 갓 학원을 수료한 초보들로 보였다.

보너스로 말씀드리면 어떤 감독관을 만나느냐가 중요하고 어떤 부스에 배치받느냐도 그에 못지않게 중요한 것 같다.

깐깐한 감독관을 만나면 별거 아닌데도 신경 쓰여 시간 오버하는 경우도 있고 감독관 좌석 바로 앞에 부스를 배정받으면 더 신경 쓰여 평소 실력이 안 나온다는 이야기도 많이 들었다.

그래서 떨어졌다고……

어쨌든 시간을 절약할 수 있는 나만의 재단 순서나 작업 순서를 작성하여 이미지 트레이닝한 것이 큰 도움이 되었다. 특히 광폭합지, 실크벽지 무늬 재단에 신경을 많이 썼다.

재단, 풀 개기, 초배 작업을 1시간 35분 만에 끝내기 위해 젖 먹던 힘을 다해 작업했다. 허리가 아프고 갈증이 많이 났다.

초배 작업을 순조롭게 진행한 덕에 없던 힘도 나서 그다음 작업을 순조롭게 진행했다. 또 풀 개기, 풀칠하기, 소폭, 광폭, 실크 순으로 붙이기에 정신이 없었다. 다 하고 나니 7분 정도 여유가 생겼다.

내가 해 놓고도 믿기지 않았다. 오늘 필 받는가 보다. 느낌이 좋았다.

감독관이 등번호 사진을 찍었다. 합격한 것 같았다. 집으로 오는 발걸음이 가벼웠다.

그날 저녁 친구 몇 명 불러 맥주 한잔하며 기쁨을 나누었고 스트레스도 풀었다. 며칠 뒤 카톡으로 합격 메시지가 왔다.

박○○님(수험번호 ×××)의 도배기능사 실기시험 합격을 축하드립니다.

기분이 정말 좋았다. 친구들과 기쁨을 나누었다. 또 맥주로…….

상단 실크지, 하단 광폭합지 무늬벽지

4. 지방에 내려가서 합격하고 올라오던 날(정○○ 직장인)

인천에서 태어나고 자라 그곳에서 학교를 졸업하고 직장 생활하고 있는 40대 중반 남성으로 말 그대로 오리지널 인천 토박이다. 더 이상 나에 대해 알려고 하지 마시라.

현재 다니고 있는 직장이 앞으로 어떻게 될지도 모르고 100세 시대라고 언론에서 떠들고 있는데 퇴직 후 무엇을 할까 고민하다가 이전에 먼 친척 중에 한 분이 도배한다는 이야기를 듣고 도배에 관심을 가지게 되었다.

차일피일 미루다가 직업전문학교에 가서 상담을 하고 도배 주말반에 등록하였다. 학원 수강생 중에는 20대 초 여자분도 보였는데 젊은 나이에 도배를 배울 거라고는 생각도 못 했다.

두 달간의 학습 기간 동안 이왕 하는 것 열심히 잘해 보자고 스스로 다짐하고 수업에 참여하였다. 수강 종료 시점이 다가올수록 어디서 일할지, 누구와 일할지에 대해 15명의 수강생들이 수군거리는 소리가 들리곤 하였다.

나는 당장은 아니더라도 먼저 기술을 배워 놓고 기회가 되면 주말에 현장에 가서 감을 익힐 생각이라 그들과는 생각이 좀 달랐다. 자격증을 취득해 놓으면 나중에 도배 일을 하는 데 적극적인 마음가짐을 가질 수 있을 것 같아 2회 차에 응시할 생각으로 수업에 참여하였다.

접수 당일 인천, 서울은 타이밍을 놓쳐 접수하지 못하고 부산에 가서 시험을 보게 되었다. 이왕 이렇게 된 거 하루 월차 내어 여행 갈 겸 해서 편한 마음을 가지자.

오후 시간대라 시험 하루 전날 밤에 기차 타고 부산에 가서 모텔에서 하룻밤 자고 한 시간 전에 시험장에 도착했다. 오전 시험에 떨어져서 한숨짓는 소리, 하필이면 감독관 의자가 있는 부스 앞자리라 긴장해서 떨어졌느니, 초배지를 찢어 버려 떨어졌느니……. 오후 시험에 응시할 수험생의 웅성거리는 소리가 들렸다.

바깥 분위기가 긴장의 최고조다. 여러 번 작업 순서를 이미지 트레이닝한 터라 자신 있게 실기시험에 임하자고 스스로 격려하고 시험장에 들어갔다.

배운 대로 재단, 풀 개기, 초배, 정배 등 정신없이 자르고 붙인 오후였다.

시간 안에 들어와야 한다는 강박관념에 긴장되고, 허리도 아프고 갈증도 많이 났다.

중간중간 3명의 감독관이 교대로 작업내용을 보고 간 것 같다.

초배를 마치고 별말이 없었다. 시간 안에 들어와서 정배도 별말이 없다.

수업 시간 학교 강사 선생님이 감독관이 별말이 없고 지적이 없으면 합격할 확률이 높다고 하신 말씀이 언뜻 떠올랐다.

나에게도 고생 끝에 낙이 온 건가.

학원도 수료하고 시험도 마치고 나니 시원섭섭한 느낌이 들었다.

내일 출근해야 하기 때문에 나는 바리바리 짐을 싸 들고 구포역으로 갔다.

기차 타고 올라오는 바깥 풍경은 그야말로 힐링이다. 오래간만에 느껴 보는 기분이다.

합격 축하한다며 며칠 뒤 카톡으로 문자가 왔다.

합격했다고 해서 오두방정 떨지 말자.

불합격했다고 고개 숙이거나 기죽지 말자.

떨어지면 오뚝이처럼 다시 보면 되잖아.

5. 합격 후기까지 쓸 줄이야(김○○ 도배사)

살다 보니 나에게도 도배기능사 시험 합격 후기 쓰는 날이 올 줄이야. 꿈에도 생각해 보지 않았다. ㅎㅎ

먼저 수료한 분의 추천으로 서울에 있는 직업전문학교을 수료하고 길다면 길고 짧다면 짧았던 시간 동안 공부한 결과 그동안 흘린 땀으로 보낸 한 달간의 보상을 받는 날, 결과는 합격이다.

Q-net(한국산업인력공단이 운영하는 국가 자격증 시험정보 포털이다. 시험 일정, 원서접수, 합격자 발표 조회, 자격정보, 자격증 발급 신청, 자격 취득 정보 등을 서비스한다)에 등록한 시험 장소는 내가 사는 서울이 아닌 멀고 먼 충주다.

오후 시험이어서 하루 전날 준비물을 챙겨 두고 아침 일찍 출발하였다.

12시 정도 시험장에 도착하였다. 오후 시간에 시험 볼 응시생들도 삼삼오오 모여들기 시작하였다. 여기저기 웅성거리는 소리가 들렸다. 나도 갑자기 머리가 복잡하고 손발이 후덜덜 떨렸다.

안내해 준 대기장소로 이동하자 신분증을 제시하고 출석 체크하고 주의사항을 들었다. 신분증 지참하지 않은 응시생은 가차 없이 집으로 가야 한다.

부스를 배정받고 시험장으로 이동하였다. 시험 전 감독관이 광폭합지, 실크지 무늬 상·하단을 지정하고 설명해 주셨다.

감독관은 무뚝뚝하고 깐깐해 보였다. 깐깐하든 말든 신경 쓰지 말자.

자재 검수하고 시작하라는 감독관의 큰 소리가 울려 퍼졌다.

드디어 시작이다.

직업전문학교에서 배운 대로 초배지 재단하고 정배지(소폭, 광폭, 실크)를 약 25분

만에 재단하였다. 풀 3봉을 쪼물딱쪼물딱 손으로 비벼 보통 풀을 개었다.

초배지에 풀칠하여 천장, 벽에 힘받이, 공간 초배, 보수 초배, 밀착 초배, 운용지 순으로 초배 시작하여 중간중간 멘탈이 흔들려 고전하기도 했지만 1시간 만에 끝마쳤다.

"초배 완료하였습니다."

감독관이 보더니 별말이 없었다.

또 열심히 돌려 풀을 개어 소폭, 광폭, 실크지에 발랐다. 대충 풀을 바른 후 둘둘 말아 두고 허리를 한 번 폈다. 다리도 아프고 허리도 아프고 머리도 띵하다.

왔다 갔다 하는 감독관을 신경 안 쓰려고 해도 신경 쓰였다. 무서워 보였다.

감독관의 재량이 어느 정도 있는 시험이라 잘 보이고 싶은데 지금 이런 생각을 하고 있을 때가 아니다. 정신 똑바로 차리자.

천장, A면에 소폭합지를 대충 붙이고 나에게 어려운 B면과 C면에 무늬 맞추어 신경 써 가며 붙였다. 무늬 맞춤에 신경 쓰다 보니 칼질도 잘 안 되었다. 이거 잘되면 저거 잘 안 되니 이게 뭔가.

그래도 시간 안에 들어왔다. 61점만 맞아 떨어지지는 말자는 생각으로 완작하였다.

시험을 마치고 나니 후련하면서도 시원섭섭하였다. 허리도 아프고 배도 고팠다.

감독관이 별 지적이 없어 기대 반 설렘 반으로 집으로 올라왔다.

선생님께 감사하고 동기생들 생각도 났다.

무엇보다 이 어려운 시험을 무사히 치른 내 자신에게 칭찬하고 싶다.

○○아, 수고 많았다.

장담컨대 너는 잘할 거다.

▋글을 마치며

　오늘도 여느 날과 마찬가지로 도배, 장판, 페인트 시공하러 집을 나섭니다. 매일 일하러 나가지만 일을 하는 현장, 만나는 사람, 작업 내용, 마음가짐은 하루도 같은 날이 없습니다. 시간 가는 줄 모르고 작업하다 힘들어 창문을 열고 잠시 선선한 공기를 마시며 기분 전환을 합니다. 정원의 초록색 옷을 입은 나뭇잎을 보며 나 자신을 칭찬합니다. "여기까지 오느라고 고생 많았다. 참 잘했다."

　당초 내 인생의 큐시트에 도배는 없었지만 인생 2막에 잘 찾아온 길로 느리지만 뚜벅뚜벅 즐겁게 앞으로 나아갑니다.
　힘들어도 재미있고 보람도 있습니다.

　지금의 힘듦 너머 가까운 미래에 대우받고 인정받는 날이 그리 멀지 않으니 힘을 내기를 바란다.
　시작이 반이라고 했다.
　나이가 무거운 게 내 죄는 아니지 않나.
　나이가 가볍든, 무겁든 마음먹기로 작정했다면
　적극적으로 길을 찾아보고
　과감하게 문을 두드려라.
　그러면 길이 보이고
　문도 열릴 것이다.

　도배 업계에 갓 입문한 후배 도배사를 포함하여 이 시간에도 활발하게 활동하고 있는 전국의 많은 도배사님에게 (중략) 초심으로 돌아갈 수 있는 넓은 마음의 계기와 앞으로 나아가는 데 힘과 용기를 주는 인간미가 넘치는 소통의 공간이 되기를 바란다.
– 본문 중에서

    그동안 현장에서 보고 듣고 느끼고 경험한 이야기를 진솔하게 담으려고 애를 썼습니다만 글을 마치고 보니 부족함을 느낍니다.

    부족한 내용은 언제 또 만날지 모르는 소중한 분들과 함께 일과 삶을 나누며 가치 있고 알차게 채워 가도록 하겠습니다.

인생 2막

도배 달인의 이야기 **박완규**